NADINE SEIDEL

MEINEM Herzen GANZ nah

Roman

Nadine Seidel
c/o autorenglück.de
Franz-Mehring-Str. 15
01237 Dresden

Lektorat, Korrektorat, Buchsatz:
Stephanie Bösel – www.herzblut-lektorat.de
Illustrationen und Fotos: © iStock
Coverdesign und Umschlaggestaltung:
Florin Sayer-Gabor – www.100covers4you.com

Prolog

Eine weiße Feder wird oftmals mit der einzig wahren Liebe, die vorherbestimmt ist, in Verbindung gebracht. Sie symbolisiert, dass du mit einem geliebten Menschen sehr eng verbunden bist und ihn niemals mehr vergessen kannst, weil er bereits vor langer Zeit einen wertvollen Platz in deinem Herzen eingenommen hat. Sie steht ebenfalls für eine starke Seelenbindung, deren Kraft und Vertrautheit unendlich und von leidenschaftlicher Liebe getragen ist …

Die Liebe ist in meinen Augen wie der Wind. Sie beginnt oftmals ganz plötzlich und stürmisch. Ab und an zwingt sie dich, durch ihre Stärke, in die Knie. Manchmal vor Glück oder hin und wieder durch Verdruss. Es gibt keine Garantie im Leben, für nichts und niemanden. Ich selbst habe meine große Liebe noch nicht gefunden, obwohl ich letztes Jahr schon fünfundzwanzig Jahre alt geworden bin. Ich möchte mich euch kurz vorstellen, ich heiße Svea und arbeite schon einige Jahre für ein renommiertes Frauenmagazin in Berlin. Die Hoffnung auf eine unendliche Liebe, deren innige Verbindung zweier Herzen vom ersten Augenblick an besteht und die ein ganzes Leben lang hält und vielleicht darüber hinaus, treibt mich jedoch Tag für Tag an.

Den Fehler zu machen, die Kleinigkeiten im Alltag nicht mehr zu sehen, sie nicht richtig zu schätzen, alles für selbstverständlich zu halten, weil man mit anderen, unbedeutenden Dingen beschäftigt ist, möchte ich kein zweites Mal erleben. Im Nachhinein zu bemerken, dass die einst starke Liebe langsam Stück für Stück zerbricht, ohne dass ich es eigentlich gesehen habe, nagt noch immer täglich an mir.

♥

Unsere Liebe verschwand, sie verwehte mit der Zeit und blieb einfach fort. So war es mit meiner letzten Beziehung, die ganze sieben Jahre hielt.

Das verflixte siebte Jahr, wie man so schön sagt. Irgendwann hatten wir uns kaum noch gesehen und wenn, hatten wir uns nichts mehr zu sagen. Mir wurde nach dieser schmerzhaften Trennung bewusst, vieles lag an uns selbst. Ich recherchierte und machte mich auf die Suche nach einer Geschichte zweier Menschen, die es besser gemacht hatten. Ich wollte in eine Geschichte der wahren Liebe eintauchen, um zu lernen und traf, nachdem ich einen spontanen Aufruf im Internet startete, auf eine ganz besondere Frau mit dem Namen Emily Breder.

Und so fing alles an …

Svea

Ich machte mich an einem kühlen Herbsttag auf den Weg Richtung Dortmund und hielt in einem kleinen Vorort mit meinem dunkelgrünen Skoda auf einem Parkplatz an. Ich überquerte suchend die Straße. Einige Autos fuhren an mir vorbei. Blätter wehten hinter ihnen her.

Ich traf mich mit Frau Breder vor einem kleinen gemütlichen Café. Ich stand bereits davor und wartete, als eine ältere Dame mit dem Fahrrad ein paar Meter vor mir an einer Straßenlaterne anhielt und kurze Zeit später auf mich zukam. Frau Breder hatte ihr Haar wie eine junge Ballerina stramm zu einem Knoten gesteckt. Sie war sehr schlank und erschien mir sportlich für ihr Alter. Sie trug einen langen blauen Rock, dazu eine passende blickdichte Strumpfhose. Salopp warf sie sich eine rote Strickjacke über ihre Schultern, dadurch wurde ihre bunte Bluse ein wenig verdeckt. Ihre modisch roten Stiefeletten gefielen mir sehr, sie besaßen die gleiche Farbe wie meine rote Lederjacke, die ich an diesem Tag trug. Frau Breder streckte mir lächelnd ihre Hand entgegen, stellte sich vor und fragte mich, ob ich das Café direkt gefunden hätte. Ich war etwas überrascht. »Ja, aber woher wussten Sie …?«, stammelte ich nachdenklich.

»In diesem kleinen Vorort oder diesem Café sieht man selten neue Gesichter. Es war nicht schwer, zu erkennen, dass Sie die richtige Ansprechpartnerin für mich sind. Zumal ich auch ein bisschen spät dran bin und außer Ihnen hier niemand sonst wartet. Wir haben doch telefoniert, nicht wahr?« Sie lachte und ich nickte. Dann holte Frau Breder direkt einen abgenutzten Schlüssel aus ihrer Tasche hervor und legte ihn mir überraschenderweise in die Hand.

»Wissen Sie, noch einmal zu unserem Telefonat, wie tief eine Liebe zwischen zwei Menschen wirklich ist, kann man erst erkennen, wenn man die Gelegenheit bekommt, es zu beweisen. Und glauben Sie mir, nichts ist zu schlecht, dass es nicht für etwas anderes wieder gut ist. Ihre Trennung war anscheinend wichtig, sonst wären wir uns niemals genau jetzt und hier begegnet. Außerdem könnte Sie Ihr wahrer Herzmensch nicht finden, denn auch er wird zur richtigen Zeit an den richtigen Ort gelenkt und auf Sie warten. So sagt es das Gesetz. Das Gesetz der Resonanz! Ich hoffe, das ist Ihnen ein Begriff?«

Ich nickte und betrachtete den schweren Herzanhänger in meiner Hand. Die vielen, kleinen roten Steine schimmerten fast wie Diamanten.

»Jeder Mensch trägt eine eigene wertvolle Geschichte in sich. Was Sie später aus Ihrer Zukunft machen, liegt ganz allein in Ihrer

Hand. Auch, für welchen Menschen Sie sich entscheiden. Sie haben in meinen Augen jetzt erst einmal eine gute Wahl getroffen. Die Wahl für eine wichtige Veränderung in Ihrem Leben. Mein Mann hatte Ihren herzlichen Aufruf im Internet entdeckt und wir möchten Ihnen helfen. So wie Agnes' und Henrys Liebe auch uns berührt und geholfen hat, einander zu finden. Kommen Sie mit!«

Frau Breder lief los und ich folgte ihr mit großen Schritten, neugierig und unwissend, was genau auf mich zukam.

Am Telefon hatte mir Frau Breder bereits einige wichtige Details erzählt, aber wie es jetzt weiterging und warum wir nicht in das Café gingen, sondern vor einem einfachen Haus stehen blieben, das wusste ich derzeit noch nicht. Mir wurde es etwas mulmig und ich sah mich um.

Die dunkelroten Dachpfannen des weißen Hauses waren teilweise mit Moos bedeckt. Ich blickte auf zwei riesige Tannen, die mit vielen Hortensien im Garten bereits vor vielen, vielen Jahren gepflanzt worden sein mussten. Ich schaute auf den Boden. Ein paar Pilze wuchsen in Gruppen links und rechts neben dem alten Tannengehölz. Zwischen hohem Gras breiteten sich weitere Mooslappen am Rande eines Zauns aus. Anscheinend wurde der Rasen schon länger nicht mehr gemäht. Ich bemerkte, dass der Zaun dringend aufbereitet werden musste. An einigen Stellen rostete er bereits oder die Farbe blätterte ab.

Als wir vor dem Eingang standen, lehnte sich Frau Breder an das alte Mauerwerk der Hauswand an.

»Öffnen Sie die Tür zu Ihrem neuen Leben! Es wird nie mehr so sein, wie es einst war, wenn Sie in die Geschichte eingetaucht sind und das Haus am Ende wieder verlassen. Sie werden sehen, wenn Sie erst einmal gelernt haben, nicht nur mit Ihren Augen, sondern auch mit Ihrem Herzen zu sehen, öffnen sich für Sie ganz neue großartige Türen. Wundersame Dinge werden Ihnen begegnen und Sie können dann die kleinen Zeichen des Universums besser erkennen und verstehen. Es ist vor allem wichtig, damit Sie Ihre zweite Hälfte auch finden.«

Ich starrte nervös auf die Eingangstür und steckte den geheimnisvollen Schlüssel ins Schloss. Die Tür ließ sich leicht öffnen. Wir betraten das Haus, es war fast leer. Nur wenige Möbelstücke standen in den Räumen. »Wer wohnt hier?«, fragte ich.

»Sie jetzt und dass auch nur so lange, wie Sie an Zeit brauchen, um in diese wertvolle Geschichte einzutauchen.«

Die alte Dame trat an einen uralten Sekretär. Ich sah ihr über die Schulter. Überall lag verteilt vergilbtes Briefpapier. Ich folgte mit meinem Blick einer getrockneten Spur aus Tinte, die etwas fleckig über das Briefpapier und den Sekretär verteilt war. Ein Füller lag geöffnet daneben, so, als wäre es ein Zeichen für mich, das auch ich meine eigene Geschichte jederzeit ändern konnte, wenn ich wollte. Den ersten Schritt hatte ich bereits getan. Ich beobachtete Frau Breder, die ein paar Briefbögen zur Seite legte. Ein wenig in Gedanken versunken strich sie über das alte Papier. Der Füllfederhalter fiel dabei hinunter und kullerte durch den leeren Flur zur Eingangstür. Ich bückte mich, um ihn aufzuheben, aber Frau Breder stoppte mich mit einer Handbewegung.

»Warten Sie. Was sehen Sie?«, fragte die alte Dame.

»Einen Füller, der auf dem Boden liegt.«

»Und was noch?«

Ich zuckte mit den Schultern und schaute auf. »Sonst nichts. Was meinen Sie?«

»Der Füller zeigt Ihnen, dass Sie immer nur einen Teil Ihres Weges sehen. Er rollte eben in eine Richtung, die ihm völlig fremd war. Er macht es nicht anders als alle Menschen, alle Tiere. Es ist gut, die Zukunft nicht zu kennen. Wissen Sie, die Furcht würde vieles verändern und Schönes vielleicht nicht zulassen. Jetzt dürfen Sie ihn aber gern für mich aufheben.«

Ich hob den Füller für Frau Breder auf und legte ihn in ihre Hand. Wir liefen zurück zum Sekretär. Unter einem Stapel Briefe holte sie ein geheimnisvolles verschlossenes Buch hervor. Sie nahm es und drückte es vorsichtig gegen ihre Brust und an ihr Herz, dann streckte sie es mir entgegen. Ich nahm es an mich.

»Den Schlüssel, um das Tagebuch zu öffnen, müssen Sie finden! Sehen Sie sich ganz in

Ruhe um. Hier gibt es keine Geheimnisse in diesem Haus, nur Hoffnung, Vertrauen und reichlich Liebe. Sie werden sehen, die Welt verändert sich bereits, wenn Sie mit offenen Augen durchs Leben gehen. Die Welt steht niemals still und wir alle sind zu jeder Zeit mächtig genug, das Feuer der Liebe in uns zu entfachen. Uns muss es nur wieder bewusst werden!«

Ich starrte auf das staubige Buch, auf das riesige Herz, das darauf klebte. Es schimmerte ein wenig mysteriös durch ein paar Sonnenstrahlen, die sich ihren Weg irgendwie durch die zwei dichten Tannen neben dem Haus gebahnt haben mussten, um kraftvoll durch das Fenster zu scheinen.

Frau Breder zündete mir das Holz im Kamin an. Es knisterte geheimnisvoll und es wurde schnell warm in der Stube. Sie legte mir eine frische Decke über die Lehne eines gelben Ohrensessels, der neben dem Kamin stand, dann lief sie in die Küche. Etwas klimperte.

Ungeduldig legte ich das Buch auf den Sessel ab und lief zurück zu dem Sekretär, um den dazugehörigen Schlüssel zu finden. Eine Pappkiste stand auf einem Stuhl. Ich sah mich um, steckte einen Brief zurück zu den anderen in die Kiste. Ein kleiner Teddybär kam dabei zum Vorschein. Er lag in einer Ecke. Ich griff danach und strich fasziniert über das kurze braune Fell und das niedliche Gesicht, dann ertastete ich einen Schlitz im Bauch des Bären.

Konnte dort vielleicht der Schlüssel stecken? Vorsichtig steckte ich meinen Zeigefinger und meinen Daumen in die schmale Öffnung, doch ich fühlte keinen Schlüssel, stattdessen zog ich vorsichtig ein klein gefaltetes Blatt heraus und las:

Lieber Henry!
Zeilen purer Liebe bringe ich zu Papier,
denn ein Brief ist wertvoller und mächtiger
als ein glänzender Saphir.
Schöne Worte können Herzen berühren,
sie haben die Macht, uns zu führen.
Ein Herz voller Liebe
beherbergt einen großen Schatz.
Mit Bedacht fließen Wörter,
formen einen wunderschönen Satz.
Schöner als ein Diamant
sind aufrichtige Zeilen,
sie können ein zerbrochenes Herz
durch Güte und Liebe heilen.

Die Liebe ist ein Geschenk des Himmels.
Jeder, der sie jemals wahrhaftig fühlt,
sieht in ihr ein wahres Lebenselixier.
Liebe zu geben und zu wissen, geliebt zu
werden, ist das höchste Gut auf Erden.
Nichts wünschen sich die Menschen mehr,
als das, doch nur wenige haben das Glück,
genau diesen einen Menschen zu treffen.
Ich liebe Dich!
Deine Agnes

Ich war berührt, einige Erinnerungen schlichen sich wie ein Lauffeuer in meinen Kopf. Ich faltete das Papier zusammen. Öffnete die Naht des kleinen Teddys ein wenig mehr, die Füllwatte war bereits zu sehen, dann steckte ich das alte Blatt hinein und legte den Bären zurück in die Kiste.

Ich suchte weiter, räumte vorsichtig die Papierbögen auf dem Sekretär und dem Boden zur Seite. Darunter fand ich schließlich ein goldenes Kästchen in Form einer Rose. Ich öffnete die lackierte Holzblüte. Eine liebliche Melodie erklang. Auf dem roten Tuch im Inneren lag ein Schlüssel. Seine Gravur ließ erahnen, dass ich den richtigen Schlüssel gefunden haben musste, denn sie passte perfekt zum Schloss des Tagebuchs.

Gespannt nahm ich das Buch und setzte mich in den alten Sessel. Ein wenig Feuer wirbelte dabei auf. Neugierig steckte ich den verschnörkelten Schlüssel in das Schloss. Es knackte, ich löste es und schlug das Buch fasziniert auf, als eine weiße Feder sanft heraussegelte und schließlich vor meinen Füßen landete. Ich hob die kleine Feder schnell auf und legte sie zurück ins Buch, in der Hoffnung, Frau Breder hätte es nicht gesehen.

Die ältere Dame kam auf mich zu und beobachtete mich. Sie hielt eine Flasche Wasser und einen heißen Tee für mich bereit und stellte alles auf einem runden Beistelltisch neben mir ab.

»Wie ich sehe, haben Sie den passenden Schlüssel bereits gefunden und schon Berührung mit der weißen Feder gemacht. Das ist gut so. Ich werde Sie jetzt hier eine Weile allein lassen. Nehmen Sie sich Zeit, geben Sie sich Raum, hier stehen extra wenig Möbel, damit Sie nicht vom Außen abgelenkt werden und ich gebe Ihnen einen guten Tipp. Lassen Sie für diese paar Stunden alles los. Lassen Sie sich richtig in die Geschichte fallen! Alles, was Sie brauchen, finden Sie ab jetzt in diesem Raum. Ich komme später zurück, um nach Ihnen zu sehen. Ich lenke Sie sonst womöglich noch ab.«

Etwas verunsichert blieb ich in dem gelben Ohrensessel sitzen. Ich schaltete mein Handy auf stumm und zog meine Lederjacke aus. Das Feuer wärmte mich. Ich nahm einen Schluck Hagebuttentee, stellte die Tasse zurück und riskierte einen Blick in die Flammen. Die winzigen Funken wirbelten umher, als tanzten sie im Kamin. Frau Breder verließ das Haus. Ich hörte noch, wie sie die Tür von außen kräftig zuzog, dann wurde es mucksmäuschenstill im Raum. Nur das Knistern des Feuers war zwischendurch zu hören. Ich tat, was Frau Breder mir gesagt hatte und schaute gespannt auf das

Tagebuch in meinen Händen, dann tauchte ich in das fremde Leben zweier Menschen ein. Ein Briefbogen klebte auf der ersten Seite des Buches:

Liebe ist Magie zweier Seelen,
die sich finden,
wie Feuer in unserem Herzen,
das lodert und glüht,
wie Funken über Funken,
die in den Himmel fliegen zu den Sternen.
Liebe ist grenzenlos,
man kann sie nicht besitzen,
sie ist ein wahrhaft großes Geschenk.
Liebe ist eine wundervolle Bereicherung,
Liebe ist wie tausend,
gar abertausend Gefühle gleichzeitig,
die miteinander verschmelzen.
Wahre Liebe macht jeden Augenblick
mit dem Menschen, den man liebt,
zu etwas Besonderem.
Liebe ist wie Poesie,
wie Bewegung, wie ein Fluss,
der durch unsere Körper fließt.
Liebe ist heftig,
stürmisch wie der Wind,
der alles mit sich reißt.
Liebe ist die Verbindung zweier Seelen
mit einem unsichtbaren Band
– nichts kann sie trennen,
keine Ferne, kein Mensch
und nicht der Tod!

Eine geheimnisvolle wohlige Wärme umhüllte mit einem Mal meinen Körper. Die tiefe Liebe von Agnes und Henry zog mich auf eine magische Art und Weise in ihren Bann. Sie war wie ein Sog, dem ich nicht entkommen konnte. Ich blätterte die nächste Seite um und ließ die einzigartige Magie, die sich dabei entfaltete, durch mich hindurchfließen …

Agnes

Ich finde keinen Schlaf. Stattdessen halte ich meinen Füller auf das Papier und schreibe meine Gedanken auf. Ich versuche, meine kräftigen Gefühle in Worte zu fassen. Versuche, die Leidenschaft, die er in mir entfacht hat, zu zähmen. Ich halte es kaum aus. Ich glaube, dass keine Begegnung Zufall ist. Ich denke, dass alles, was wir tun und welche Schritte wir letztlich gehen, um zueinander zu finden, vorbestimmt sind. Momentan ist Henry ständig in meinem Kopf. Es vergehen keine fünf Minuten, in denen wir uns nicht sehen, wo ich nicht an ihn denken muss. Stets stelle ich mir vor, wie wir uns küssen und uns sanft streicheln. Ich fühle förmlich seine Finger, die zaghaften, aber dennoch extrem elektrisierenden Berührungen auf meiner Haut. Ich sehe ihn nachts in meinen Träumen. Ich muss gestehen, er hat mir den Kopf völlig verdreht. Dieses Lachen verfolgt mich überall hin. Seine Locken wirbeln in meinem Gedanken im Wind und mein Herz, es pocht dabei wie verrückt. Es wird mir warm ums Herz, überall sprudeln meine Hormone. Dieses neue und unbändige Kribbeln lässt sich nicht abschütteln. Diese Schmetterlinge, die sich in mir in Scharen hin und her bewegen und den Ausgang nicht finden, sorgen dafür, dass mein Blut noch kraftvoller pulsiert. Ich kann mich nicht bremsen, ich könnte schreien vor Glück.

♥

Eine Heldin zu sein, bedeutet, Dinge zu tun, obwohl man Angst hat.

Henry lief heute Nachmittag auf mich zu. Mir wurde unglaublich warm und meine Hände schwitzten vor Aufregung. Vielleicht leuchtete mein Gesicht auch ein wenig rot vor Anspannung. Schon als ich durch die Tür in das Café ging und ihn sah, war es wieder da, dieses Gefühl, die Kontrolle zu verlieren. Mir wurde heiß, dann kalt. Er schaute mich an. In seinen braunen Augen konnte ich mich fast verlieren. Ich stammelte überglücklich etwas aus meinem Leben heraus und verhaspelte mich dabei. Er fand es süß und wir lachten. Immer wieder sah ich in sein Gesicht, auf seinen süßen Dreitagebart und tief in seine Augen. Es schien, als schaute ich durch sie hindurch, direkt in seine Seele. Das Feuer, das er in mir entfacht hatte, knisterte laut. So kam es mir zumindest vor. Ich musste mich anstrengen, ihm zuzuhören und fühlte eine Art Magie, die sich um uns legte und die den Raum ausfüllte. Die anderen Menschen verschwanden plötzlich wie durch Zauberei. Unsere Zeit verging wie im Flug. Stunden kamen mir vor wie Sekunden. Dann nahm er meine Hand. Schlagartig schlug mein Herz wie wild. Ein Gefühl von Aufregung strömte durch meine Adern. Er machte mich nur durch seine Anwesenheit verrückt. Unsere Finger spielten unauffällig unter dem Tisch miteinander. Wir schmunzelten geheimnisvoll und warteten ungeduldig auf die Kellnerin, um schnell zu bezahlen. Er und ich. Es passt nicht nur die Chemie. Es passt alles.

Wir verließen das Café und blieben in einem Eingang eines geschlossenen Ladenlokals stehen. Nervös blickten wir uns an. Er streichelte meinen Hals, mein Gesicht. Ich ließ es zu. Es war schön. Der Wind pfiff, als feuerte er uns ein wenig an und die vielen fremden Menschen zogen währenddessen an uns vorbei. Ich gab ihm einen Kuss und spürte die Leidenschaft unserer Zungen. Wir verabschiedeten uns, aber den Kuss spürte ich noch Stunden später …

♥

Ich habe nicht damit gerechnet, dass ich, wenn ich verliebt bin, auch zu den Menschen gehöre, die so komische Sachen machen. Aber ich muss gestehen: Auch an mir geht das Verliebtsein nicht spurlos vorüber. Es kribbelt zu sehr. Verdammt, die Schmetterlinge sind überall, ich kann mich gar nicht bremsen.

Ich habe das Gefühl, als würde ich auf Wolken schweben.

Seitdem ich Henry kenne, lächle ich permanent, auch wenn er nicht an meiner Seite ist. Wenn ich über die Wiese laufe, pflücke ich neuerdings die kleinen Blümchen ab und klaue ihnen die Blütenblätter. Auch ich gehöre zu denen, die ständig flüstern: »Er liebt mich, er liebt mich nicht!«

Insgeheim hoffe ich natürlich, dass das letzte Blütenblatt meiner Hoffnung entspricht. Tut es das nicht, schnappe ich mir die nächste Blüte und zähle einfach weiter. Solange, bis ich das richtige letzte Blütenblatt in der Hand halte. Dann rufe ich: »Ich wusste es! Er liebt mich! Jaaa, ich wusste es! Er liebt mich!«

Verrückt, oder?

♥

Heute gingen wir unter den Bäumen entlang im warmen Sommerwind. Wir alberten und lachten und hielten uns an den Händen fest. Ich ergriff schnell die Initiative und kam ihm näher. Ich lauschte seiner Stimme. Er erzählte so unglaublich viel und stets mit so großer Begeisterung, dass es Spaß machte, ihm einfach nur zuzuhören. An einem Teich voller Seerosen blieben wir stehen. Er hielt mich fest. Mein Herz fing erneut Feuer. Nein, besser gesagt: Es brannte lichterloh. Alles war wie in einem Film. Eine romantische Liebesgeschichte, unsere eigene gemeinsame Geschichte hatte bereits vor einigen Tagen begonnen. Er legte seine Hand unter meinen Pullover auf meine Haut und streichelte mich. Ich tat es bei ihm auch. Meine Knie wurden weich, als er mein Kinn näher zu sich heranzog und ich in seine Augen blickte. Er gab mir zärtlich einen Kuss. Es wurde stürmischer. Wir nahmen um uns herum nichts mehr wahr. Es gab nur ihn und mich.

♥

»Sieh in deine Tasche, mein Schatz!« Henry lächelte, seine Augen funkelten.

Ich streckte die Hände in meine Jackentasche und fühlte ein gefaltetes Blatt Papier, das darin steckte. Ich zog es heraus. Er küsste mich kurz auf die Nasenspitze und sah verlegen weg. Ich öffnete gespannt den Brief. Es war ein Gedicht. Ich flüsterte: »Hast du das selbst geschrieben?«

»Ja, aber nur aus einer Laune heraus«, entschuldigte er sich bei mir und blickte wieder unauffällig zur Seite.

»Es ist schön, ich mag es und ich liebe dich auch«, sagte ich und strahlte dabei wie ein Honigkuchenpferd. Ich war beeindruckt, faltete das kleine Blatt zusammen, steckte es tief in meine Tasche zurück und nahm seine Hand.

Svea

Ich fand den alten, mehrmals gefalteten Zettel, der in dem Buch klebte und öffnete ihn vorsichtig. Fast, so schien es mir, fühlte ich mich wie Agnes, die ihren ersten Liebesbrief öffnete.

Liebe Agnes!
Du bist die Liebe meines Lebens, für dich würde ich mein letztes Hemd geben.

Ich schenke dir mein Herz, mit dir möchte ich nur Glück und keinen Schmerz.

Tagein, tagaus bei dir sein, lass mich für immer in dein kleines Herz hinein.

Schon wieder schaue ich in deine Augen, ich merke, nur du kannst meine Sinne rauben.

Du bist wie Feuer so heiß, wenn ich dich sehe, spüre ich direkt meinen Schweiß. Schmetterlinge fliegen in der Luft, in deiner Nähe rieche ich nur Rosenduft.

Es knistert und lodert, wenn ich dich sehe, ich weiß, dass ich hundertprozentig zu dir stehe.

Du bist das größte Geschenk für mich auf Erden, schöner kann es nicht mehr werden.
Ich liebe Dich.
Dein Henry

Ich spürte die Liebe, die Agnes und Henry füreinander empfunden hatten. Beeindruckt faltete ich das Papierstück zusammen und steckte es zurück an seinen Platz.

Daneben klebte ein Foto der beiden. Ich streichelte lächelnd über das alte Fotopapier.

Frau Breder hatte mir bereits am Telefon erzählt, dass die Liebe der beiden bis zum Tode hielt. Vielleicht auch noch weit darüber hinaus, aber wer wusste das schon. Gemeinsam hatten sie es geschafft, Höhen und Tiefen zu meistern. Und ihre Liebe wurde stärker, je älter sie wurden. Etwas Schöneres gab es in meinen Augen nicht, doch was war ihr Geheimnis?

Ich sah durch das Fenster. Die Tannen vor dem Haus neigten sich durch den kräftigen Wind ein wenig von links nach rechts. Nachdenklich starrte ich zurück auf das magische Buch auf meinem Schoß …

Agnes

Wir parkten vor den mächtigen Ruhrsteilhängen am Ardeygebirge und gingen zu Fuß weiter. Gut gelaunt folgten wir Hand in Hand dem steinigen Weg auf den Berg. Immer höher stiegen wir bis auf die Spitze, dort nahm mich Henry fest in seine Arme.

»Du bist meine junge und gut aussehende Leidenschaft. Psst, sag nichts. Genieße den Moment mit mir und den Ausblick.«

Er hielt meinen Mund zu. Ich schmunzelte und mein Herz hüpfte bis in den Himmel. Henry legte sein Kinn auf meine Schulter. Wir schwiegen und genossen den magischen Augenblick. Ein tiefes Gefühl von Geborgenheit, Ruhe und tiefster Liebe breitete sich in mir aus. Es fiel mir schwer, mich auf die winzigen Häuser und die prachtvolle Landschaft zu konzentrieren. Ich drehte mich um, sah zu Henry auf und schluckte. Seine Lippen näherten sich meinen.

»Wir beide«, flüsterte Henry mir mit heiser Stimme in mein Ohr. »Schließe deine Augen!«

Ich tat, was er sagte, und wartete gespannt. Plötzlich spürte ich, wie sich eine zarte Kette um meinen Hals legte.

»Als Beweis ewiger Liebe. Ein Diamant ist unvergänglich, genauso wie das Gefühl, das ich täglich tief in meinem Herzen für dich spüre. Ich möchte, dass es dir immer gut geht. Ich möchte dich glücklich machen, so wie es noch niemand konnte. Bis zu meinem Lebensende, ich verspreche es dir.«

Ich öffnete meine Augen, befühlte meinen Hals und sah hinab. In meiner Hand hielt ich einen schimmernden Diamanten in Form eines kleinen Herzens. »Sie ist wunderschön. Danke! Aber du bist und bleibst mein allergrößter Schatz«, flüsterte ich.

Unsere Lippen berührten sich, dabei sanken wir zu Boden. Wir wälzten uns zwischen den Blättern, kullerten über die feinen Kieselsteine und lachten. Wir tobten wie Kinder und ließen unseren Gefühlen einfach freien Lauf. Henry kitzelte mich richtig durch.

»Hör auf, ich kann nicht mehr!«

Doch er hörte nicht auf. Unsere Energien wirbelten in unseren Körpern, diese unbändigen Flammen unserer Herzen wollten raus und sich zeigen. Wir waren verrückt aufeinander, wie elektrisiert.

Erst einige Zeit später blieben wir erschöpft liegen. Ich bettete meinen Kopf auf Henrys Brust. Er kraulte mich. Mein Haar wurde immer zauseliger, aber es war egal. Alles war egal, denn das war unser Moment. Ein magischer Augenblick, in dem zwei Herzen immer kräftiger füreinander schlugen.

♥

Heute liefen wir über den Rummelplatz und sahen glücklich den Sternen beim Strahlen zu. An einem auffällig bunten Stand holten wir uns eine riesige Zuckerwatte. Sie klebte in unseren Gesichtern, als wir zum Spaß gleichzeitig daran zogen, um sie uns gegenseitig zu klauen.

Ich schubste meine große Liebe sanft beiseite. »Geh weg, das ist meine!«

Er schubste mich zaghaft zurück. »Vergiss es, sie gehört mir«, brummte er.

Ich sah Henrys Blick vor mir, als er mich küsste. Gleichzeitig schmatzten wir. »Hier, du kannst sie haben.«

Wir lachten. Uns war in dem Augenblick klar, dass wir alles miteinander teilen würden. Es gab nicht Mein und Dein. Warum auch? Ich hielt den Stiel der Zuckerwatte fest. Henry ließ meine Hand los, zwinkerte mir zu und ging hinüber zu einer Bude voller Plüschherzen. Er kaufte Lose und kam zurück.

»Hier, du wolltest immer schon ein riesiges Herz. Du hast zwar meins, aber vielleicht bekommen wir eines dieser Herzen. So kannst du immer an mich denken, wenn ich nicht bei dir bin, dann kuschelst du dich einfach in mein Plüschherz.«

Aufgeregt öffnete ich die Lose, die er mir hinhielt. Es waren einige Nieten, die wir auf den Boden fallen ließen. Doch das letzte Los war plötzlich ein Volltreffer. Ein riesiges rotes Plüschherz.

»Wir haben gewonnen! Wahnsinn! Hier steht es! Schau.« Ich sprang in Henrys Arme. Die Leute lachten, sie freuten sich mit uns.

»Herzlichen Glückwunsch«, riefen sie.

Ich strahlte. »Danke, wie lieb!« In diesem Augenblick aber wusste ich, dass ich meinen allergrößten Hauptgewinn seit Wochen kannte und tief in meinem Herzen trug. Ich sah zu Henry, als mir der Mann am Stand ein riesiges Herz gab.

»Bitte schön, viel Spaß mit dem guten Stück.«

♥

Heute fuhren wir mit dem Motorrad die Serpentinen des Ardeygebirges entlang und hielten an einem See an, an dem eine kleine Imbissbude stand. Ich schüttelte mein langes Haar, als ich den Helm abnahm. Ein Blatt hatte sich bei der Fahrt darin verfangen. Henry zog es vorsichtig hinaus und ließ es mit einem charmanten Grinsen fallen. Die Sonne strahlte unentwegt in unsere Gesichter und wir bestellten uns zweimal Currywurst mit Pommes. An einem Stehtisch verschlangen wir unser Essen. Ich wischte etwas Soße aus Henrys Mundwinkel und sah ihn stolz an. Er war ein schöner und sportlicher Mann. Seine kraftvollen Muskeln zeigten sich auf fast unanständige Weise unter seinem engen Baumwollhemd, als er seine Jacke kurz öffnete, um sein Portemonnaie zu zücken. Ich streichelte dabei glücklich über seine athletischen Schenkel, die eingepfercht in seiner schwarzen Lederhose steckten.

Es war noch früh, wir waren allein mit der Dame, die uns fürstlich bediente. Hin und wieder fuhr ein Auto an uns vorbei. Henry erzählte unglaublich viel, ich hörte ihm gespannt zu. Wir bezahlten unsere Bestellung und trotteten zurück auf die Straße. Arm in Arm liefen wir am See entlang. Die Sonne begleitete uns die ganze Zeit. Ich hielt ihn fest. Wir setzten uns auf die Wiese. Henry pflückte mir ein Gänseblümchen und streifte mit der Blüte zaghaft über meine Nase.

»Ein winziges Geschenk«, flüsterte er mir zu, während er mich mit der Blüte am Hals kitzelte.

Ich nahm die Blume und ließ sie mit Absicht los. Ich bemerkte ein verschmitztes Lächeln in seinem Gesicht. Unsere Jacken öffneten sich fast wie von selbst. Wir streichelten uns. Es war schwer, ihn durch die Kleidung zu spüren, doch ich verschaffte mir Platz. Wir brauchten nicht unseren ganzen Körper, es reichte, wenn wir nur kleine, freie Stellen berühren konnten. Ich legte meine Hand flach auf seine Brust und fühlte seinen kräftigen Herzschlag. Die Sonne heizte uns durch unsere schwarze Lederkleidung richtig ein. Gefühlvoll knabberte ich an Henrys Ohr. Ich ärgerte ihn ein wenig, als ich zärtlich an seinem Ohrläppchen saugte.

Henry wehrte dies ab, denn einige Leute liefen vorbei. Er zog mich hoch und wir schlenderten hinüber zu einer Bank. Unsere Jacken warfen wir über die Lehne. Eng umschlungen legten wir uns auf das warme Holz und schmusten …

♥

Heute Nachmittag bemerkte Henry zum ersten Mal, wie ich meinen Füller nahm, um meine Gefühle, meine schönsten Momente in meinem Leben, hier zu verewigen.

Er war neugierig, aber ich versprach ihm: »Irgendwann gebe ich dir mein Tagebuch, dann kannst du es lesen, aber jetzt noch nicht. Es soll der richtige, ein besonderer Augenblick sein, der sich für mich passend anfühlt. Hier drin steckt mein Herz.«

Er schaute etwas überrascht, ich glaube, er verstand nicht wirklich, was ich damals meinte. Ich erklärte ihm, dass ich mit meinem Werk, unserer Liebesgeschichte, irgendwann Geschichte schreiben und Menschen begeistern und verzaubern möchte.

Nachdenklich küsste er mich. »Ich bin neugierig, wissbegierig, aber wenn es für mich noch geheim ist, leg es weg. Schreib jetzt nicht. Dein Tiger interessiert sich für dich!«

Er brummte und warf mich ganz vorsichtig auf unsere Couch. Schelmisch zog er mir meine Stiefel aus.

Ich denke, Tagebücher sind nichts für Männer. Aber ich glaube trotzdem, Romantik hat nicht nur bei uns Frauen einen verdammt hohen Stellenwert … Auch manch ein Mann kann die Schönheit dessen erkennen.

Henry ist wie ich ein sehr gefühlvoller und romantischer Mensch. Er nimmt verschiedene Dinge wahr, die selbst mir manchmal verborgen bleiben. Durch seine Augen zu sehen, ist ein wahrlich großes Geschenk.

Heute war wieder so ein Moment, Henry bemerkte unsere Efeuranke, die in einem kleinen Topf auf unserer Fensterbank wächst …

»Weißt du, wodurch das Herz seine Form bekommen hat?«, fragte er leise.

Ich überlegte, schüttelte dann den Kopf. »Wie meinst du das?«

Er lächelte. »Das Herz ist doch eigentlich rund, aber wir malen es anders. Warum ist das so? Hast du eine Ahnung?«

»Nein, ich kann es dir nicht sagen.« Ich gluckste.

Henry stand auf und nahm ein Efeublatt in die Hand. Sanft streichelte er darüber. »Siehst du die Form? Nicht alle Sorten haben sie, aber diese hier schon.«

Zum ersten Mal sah ich mir unser Efeublatt etwas genauer an. »Ja, es sieht aus wie ein Herz.« Überrascht starrte ich auf das kleine grüne Blatt. Bisher hatte ich seine Form nicht einmal bemerkt.

»Genau, schon frühe Christen sahen im langlebigen Efeu ein Symbol für die ewige Liebe. Daher stammt die Form, die wir heutzutage malen.« Er knipste mit seinen Fingernägeln ein Blatt ab, hielt es in der Luft. »Für dich, als Zeichen meiner ewigen Treue und Liebe zu dir.«

Mein Herz schlug schnell, eine Achterbahn aus Gefühlen schoss durch meinen Körper.

♥

Zwischen diesem Eintrag und dem letzten liegt eine lange Zeit. Ich habe in der Zwischenzeit endlich meine Ausbildung geschafft und arbeite jetzt in einem katholischen Kindergarten als Erzieherin. Ich bin glücklich, ein weiterer Traum in meinem Leben hat sich erfüllt.

Und Henry? Henry hat sein Architekturstudium erfolgreich beendet. Er hat in einem Architekturbüro erste Erfahrungen sammeln können und sich vor einigen Wochen selbständig gemacht. Er hat tatsächlich sein eigenes Architekturbüro eröffnet …

♥

Heute erzählte er mir voller Stolz, wie er wieder einmal auf das gewaltige Blatt Papier, mit seinem kreativen Entwurf für seine allererste Kundin, geschaut hatte. Ich freute mich so mit ihm.

Er hatte den Entwurf lange in Händen gehalten. Dabei spürte er das Glück, das sich ihm damit offenbarte. Sein Objekt, das zuerst nur in seinem Kopf existiert hatte, wurde endlich Realität. Wochenlang hat er den Bau täglich besucht, bis seine kreative Idee endlich fertig auf dem einst freien Grundstück stand. Heute schlichen wir uns nachts in das leere Haus. Er überraschte mich mit zwei sprudelnden Sektflöten auf einer Picknickdecke, die umrandet von Teelichtern auf dem kalten Estrich lag. Mein Herz machte einen gewaltigen Sprung und ich umarmte ihn. Er küsste mich stürmisch und liebkoste meine Nase und meine Wange.

»Schau es dir an! Es macht mich so stolz. Ich freue mich so wahnsinnig! Du kannst es dir nicht vorstellen! Die Wände, die Fassade, der Baustil, der kalte Stahl – mein Werk. Alles erschaffen, durch die Ideen in meinem Kopf, und nun ist es zum Greifen nah!«

Ich sah die Leidenschaft in seinen Augen, sie strahlten vor Glück. Henry hob mich vor Freude in die Luft. Er drehte sich mit mir und blickte tief in meine Augen. »Alle meine Träume wurden wahr, nachdem ich dich zum ersten Mal sah. Ich kann es nicht beschreiben, was ich für dich fühle. Fasse ich es in Worte, habe ich das Gefühl, es ist nicht gut genug formuliert. Versuche ich, es durch in Gesten auszudrücken, würde ich dich überschütten, mit allem, was ich habe, und ich wüsste, selbst das wäre zu wenig. Mein Herz schlägt schnell, meine Hände werden feucht in jedem Augenblick, wenn ich dich sehe. Die Zeit verfliegt mit dir und das noch nach Jahren.«

Ich war sehr beeindruckt von seinen Worten. Die Gefühle loderten in meinem Herzen, genau wie damals, als ich ihn zum ersten Mal sah. Er setzte mich sanft auf den Boden ab. Ich war verzaubert von der Atmosphäre. »Henry, schenk mir Kinder. Nicht jetzt, aber irgendwann! Immer, wenn ich sie sehe, möchte ich in deine Augen blicken. Jeden Moment, wenn sie an mir vorbeilaufen, um zu spielen, will ich mich an diese gemeinsamen Stunden hier mit dir erinnern. Ich möchte unseren Kindern das gleiche innige Gefühl schenken. Es ist das Schönste auf der Welt, verstehst du? Das müssen wir einfach mit ihnen teilen. Ein kleiner Junge. Steven, was meinst du? Ein Mädchen, Felicitas?«

Er hörte mir lächelnd zu, streichelte mit seinem Zeigefinger über meine Lippen und nickte. Ich war, das wusste ich auch, für ihn eine ganz besondere Frau.

Zärtlich gab er mir einen Kuss. »Alles, was du dir wünscht, soll wahr werden. Alles, einfach alles«, flüsterte er in mein Ohr.

Wir setzten uns zusammen auf die verstaubte Decke und er küsste mich mit viel Gefühl. Unsere warmen Zungen spielten wild und zügellos miteinander. Seine Hände streichelten mich überall. Diese Nacht werde ich niemals vergessen. Er ist der Prinz auf dem Pferd, den ich mir schon als Kind immer gewünscht hatte.

♥

Gestern besuchte mich Henry im Kindergarten. Er saß zwischen all den kleinen Kindern vor meinem Puppentheater und lachte vergnügt, wenn ich die Klatsche des Kasperles wütend auf den Kopf des Krokodils haute.

»Prinzessin! Küss den Prinzen!«, schrien die Kinder.

Ich sah vergnügt zu Henry. »Ja, küss den Prinzen! Du kannst es! Du machst es jeden Tag und du strahlst dabei«, rief er.

Ich musste grinsen, denn er hatte recht.

♥

Santa Lucia. Dieser paradiesische Ort ist geprägt von wunderschönen grünen und malerischen Landschaften. Traumhafte weiße Sandstrände, versteckte Buchten und türkisfarbenes Wasser, soweit das Auge reicht. Für uns ist es nach stressigen Wochen endlich ein Ort, um die Seele baumeln zu lassen und um die Zeit gemeinsam zu genießen. Morgen fliegen wir zurück nach Deutschland, aber den schönsten Tag schreibe ich auf …

Es war spät am Abend, fast schon Nacht, als wir in Marigot Bay ankamen. Wir stiegen aus unserem Mietwagen aus. Den Hollywoodcharme der 1950er hatte die Bucht bis heute nicht verloren. Der kleine Strand war von Palmen bewachsen und ragte weit in die Bucht hinein. »Na komm schon«, rief ich Henry zu.

Hand in Hand lief ich mit dem Mann meines Lebens durch den warmen Sand, bis wir vor den sanften Wellen stehen blieben. Lachend zogen wir beide unsere Schuhe aus. Der Sand wirkte selbst in der Nacht noch fast weiß, das faszinierte mich. Ich grinste.

Diese Nacht war wunderschön. »Henry, ich sehe den kleinen Jungen in deinen Augen. Lass ihn raus, lass deinen Gefühlen freien Lauf. Sei verrückt! All das, was in dir im Verborgenen liegt, ist zu schade, um es nicht zu sehen. Lerne, die Dinge zu sehen, sie zu schätzen. Glück zu sehen, bedeutet, es auch fühlen zu können. Ich liebe es, verrückt zu sein!« Die Freude sprudelte nur so aus mir hinaus. Ich war so dankbar, so wahnsinnig schöne Stunden mit einem so wundervollen Menschen verbringen zu dürfen. Mein Herz sprach Bände. Mit offenen Armen drehte ich mich mit meinen Sandalen in der Hand im Wind. Ich sah den Sternen verträumt beim Strahlen zu. Vergnügt betrachtete ich Henry, der seine Schuhe in den Sand fallen ließ und seine Hand zaghaft um meine Taille legte.

»Du bist eine Träumerin, aber ich liebe es!«

»Ist es schlimm, eine Träumerin zu sein? Oft sind Träume versteckte Wünsche des Herzens, vergiss das nicht. Wenn du dir selbst treu bleibst, solltest du versuchen, deinen Traum zu leben, meine ich, oder etwa nicht?«

Henry grübelte und ich musste lachen. Ich ließ ihm keine Chance, darauf zu antworten. »Ich habe mal gehört: Wenn du nicht siehst, was du liebst, was du fühlst und was du willst, wirst du nie wahrhaftig glücklich sein. Egal, wo, egal, wie oder mit wem, verstehst du? Denk einfach drüber nach. Aber jetzt komm.«

Auch ich warf meine Sandalen in den Sand, rannte ins kühle Meer, bis ich mich fallen ließ. Das Wasser war kalt. Eisig! Doch das Verlangen nach dem Mann an meiner Seite ließ mich daran nicht denken. Ich streckte meinen Oberkörper dem Himmel entgegen und streifte mein nasses, langes Haar aus dem Gesicht.

Glücklich schenkte ich Henry ein Lächeln. Er starrte auf mein nasses T-Shirt. Seine Augen funkelten. Ich wartete auf seine Reaktion. Mit einem Satz und ohne zu überlegen, sprang er zu mir ins Meer. Dabei riss er mich mit.

Unter Wasser gaben wir uns einen wilden Kuss, danach tauchten wir auf. Gemeinsam spürten wir diese Verbundenheit im Spiel der Lust. Der Mond spiegelte sich auf den zarten Wellen, als Henry mich an die Hand nahm und mit mir zurück an den Strand lief. Henry blickte lange auf meine Kette. Das Herz, das er mir geschenkt hatte, glitzerte im Licht des Mondes. Ich spürte Henrys warmen Atem in meinem Gesicht. Sein lockiges Haar war nass und trotzdem weich. Ein Hauch aus Moschusduft und Meerwasser umhüllte mich. Meine Knie wurden weich. Unsere Gefühle raubten uns die Luft. Wir fielen in den Sand …

♥

Heute lag überall auf den Straßen, den Bäumen und den Häusern Schnee. Wir wollten die Schönheit der Natur betrachten und uns der Ruhe im Wald hingeben.

Wir stapften früh am Morgen über die mit Schnee bedeckten Straßen zu einer Haltestelle. Ich ahnte schon, dass uns das Wetter einen Strich durch die Rechnung machen würde. Das tat es auch. Der Bus steckte irgendwo im Niemandsland im Schnee fest und kam nicht mehr weiter. Es war bitterkalt, eisig, aber uns war es schlichtweg egal, wir hatten ja schließlich uns.

Händchenhaltend stapften wir zwei also mit roten Wangen weiter bis zu einem Taxistand. Ich erzählte Henry begeistert von meiner Arbeit im Kindergarten.

Ich war sehr glücklich damit, denn an jedem Tag, an dem ich in die Augen der kleinen Knirpse sah, war ich von meiner Arbeit felsenfest überzeugt. Es schien mir, als wäre das meine Berufung auf dieser Erde.

Henry hustete. Er hatte sich etwas erkältet. Vom Himmel fiel unentwegt feiner Schnee in unsere Gesichter. Die Schneeflocken landeten auf unserem Haar und blieben dort eine Weile liegen.

Wir stiegen in ein Taxi ein. Der Schnee, der von meinen Schuhen rutschte, bescherte dem Taxifahrer eine schöne Pfütze in seinem Auto. Irgendwie war es mir unangenehm, aber so war es eben. Ich konnte es nicht ändern.

Henry beschrieb den Weg und der Taxifahrer fuhr vorsichtig über die vereiste Fahrbahn. Ich sah gedankenverloren den vielen Schneeflocken zu, die sich an die Scheibe setzten. Mir wurde warm, ich zog meine Handschuhe aus. Der Taxifahrer hatte seine letzten vier Haare über seine polierte Glatze gekämmt. Dann hielt er auch schon am Waldrand an. Henry öffnete sein Portemonnaie und zückte einen Geldschein.

Mittlerweile schien die Sonne vom Himmel. Der Schnee tropfte vom Dach des Wagens, als der Taxifahrer davonfuhr. Henry drehte sich zu mir, er gähnte.

»Was ist los? Müde?«

»Ein wenig. Ja.«

Ich zog gerade meine Handschuhe an, als uns auf der Straße jemand ansprach.

»Wer seid ihr denn? Wollt ihr auch spazieren gehen wie Opa und ich?«

Wir drehten uns um. Vor uns stand ein kleines Mädchen mit Sommersprossen und rotem lockigem Haar.

Vergnügt antwortete ich: »Ich heiße Agnes, das ist mein Freund Henry. Wir wollen gleich eine richtige Schneeballschlacht machen. Macht ihr mit?«

»Ich seife meine Herzdame mit Schnee gleich so richtig ein!« Henry lachte laut.

»Wehe!« Ich flüchtete in den Wald mit einem Haufen Schnee in der Hand, den ich eilig zu einer Kugel presste.

Das kleine Mädchen und ihr Opa folgten uns ein Stück. »Klar! Ich bin Greta!«, jauchzte sie. »Deine Herzdame, wie süß! Ihr liebt euch sehr, oder?« Sie warf einen Schneeball auf ihren Opa.

Henry zwinkerte Greta zu und nahm mich zufrieden in den Arm. »Warum meinst du das?«

»Das sieht man euch an, ihr seht glücklich aus. Außerdem grinst ihr euch ständig an. Ich habe mal gehört, dass das verliebte Paare so machen.«

Henry betrachtete meine Augen und meine Lippen. »Ja, das tun wir! Sie ist mein ganzer Stolz, musst du wissen. Ich muss gut auf sie aufpassen, dass sie mir nicht verloren geht«, erwiderte er freudestrahlend.

»Henry übertreibt. Nein, er braucht auf mich nicht aufzupassen, ich weiß, was ich an ihm habe.« Ich lächelte Greta an. »Du hast tolle Locken!«

Sie wurde ein wenig rot. »Danke, das hat noch nie jemand zu mir gesagt. Ihr seid lustig.«

Ich warf meinen Schneeball auf einen Baum. Er zerplatzte am Stamm. Dann ging die Schlacht richtig los. Wir duckten uns oder pressten neue Schneekugeln, die wir gegenseitig auf uns warfen. Ich fing die winzigen, wie Wattebäuschchen aussehenden, kalten Flocken. Meine Handschuhe durchnässten.

Henry strahlte mich an. »Schatz, du allein veränderst meine Welt. Du machst mich glücklich, jeden Tag! Du bist meine gute Fee und zauberst die Welt besser.«

Ich blieb verwundert stehen, Greta staunte. Ihr Opa lächelte. Ich griff nach einem Tannenzapfen, der auf dem Boden lag, und malte damit im Schnee ein riesiges Herz.

»Im Herzen jung zu bleiben und die Geschenke des Lebens wahrzunehmen und sie zu schätzen, das ist der richtige Weg, um Glück wahrhaftig zu sehen. Das musst du dir immer gut merken, mein Kind! Das Alter spielt keine Rolle«, erklärte Gretas Opa. Der alte Mann warf lachend seinen Schneeball und traf Henry am Knie.

Dann verabschiedeten sich Greta und ihr Opa. Sie winkten uns ein letztes Mal zu, dann verschwanden sie hinter den Bäumen.

Henry griff nach meinem Arm. Er streifte mein Haar aus meinem Gesicht und küsste mich auf die Stirn. »Ich liebe dich! Das musste jetzt einfach raus.«

Neckisch kniff er mir in die Taille. Ich wand mich etwas verlegen zur Seite und küsste ihn hingebungsvoll auf seine frostigen Lippen. Der Zapfen in meiner Hand fiel bei unserem stürmischen Kuss in den Schnee.

Um uns herum war es noch immer eisig, die Flocken tanzten wild im Wind, aber unser Kuss und unsere flammenden Herzen brachten uns regelrecht ins Schwitzen. Eifrig schmusend standen wir unter den mit Schnee bedeckten Bäumen. Mit unseren nassen Handschuhen streichelten wir uns zärtlich gegenseitig das Gesicht. Erst einige Minuten später trennten sich unsere Lippen sachte voneinander.

Ich nahm Henrys Hand, bückte mich und griff entschieden nach dem im Schnee versunkenen Tannenzapfen. Ich steckte ihn in meine Manteltasche. Neue Eiskristalle legten sich auf die Erde nieder. Wir machten uns auf den Weg …

Heute ist mir wieder einmal bewusst geworden, dass nichts im Leben selbstverständlich ist. Dass man dankbar sein sollte, für alles, was IST.

♥

Es war ein kalter Winterabend. Wir fuhren heute zu einem Anwesen, das Henrys bestem Freund gehörte. Beide kannten sich gefühlt schon ewig und in meinen Augen war George einfach ein Pfundskerl. Er war allerdings an diesem Tage beruflich verreist, doch es gab einen Plan, den sich George und Henry gemeinsam für mich ausgedacht hatten.

Ich wusste nicht, weshalb, aber wir nahmen unsere Schlittschuhe mit. In Socken gingen wir durch das Wohnzimmer in die Küche, wo bereits ein Liebeslied lief. Georges Hausdame hatte sogar schon Tee aufgegossen und für uns bereitgestellt. Henry goss mir den Tee in eine Tasse und gab sie mir in die Hand. Vorsichtig nippte ich an dem heißen Becher und wärmte meine kalten Hände eine Weile daran.

Dann nahm ich Henry die Tasse ab und stellte sie zusammen mit meiner auf den Küchentisch. Ich kuschelte mich an ihn.

Henry schnappte sich unsere Schlittschuhe und zog mich durchs Wohnzimmer zur Terrassentür. Er öffnete sie. Der kalte Wind wehte in unsere Gesichter. Wir zogen unsere Schlittschuhe an und liefen wackelig über das verschneite Gras zum zugefrorenen Teich des Anwesens. Händchenhaltend sahen wir zu den Sternen und fuhren dabei auf das kristallklare, gefrorene Gewässer hinaus. Aus dem Haus ertönte noch immer romantische Musik. Plötzlich verlor ich die Kontrolle. Meine Schlittschuhe blieben an einer aus dem Eis ragenden Wurzel hängen. Blitzartig verlor ich mein Gleichgewicht, doch noch ehe ich stürzen konnte, spürte ich eine stützende Hand unter meinem Arm, die mich rechtzeitig auffing.

»Hoppla!«, rief Henry.

Ich hatte Glück. Er war immer zur richtigen Zeit am richtigen Ort. Wieder wurde mir heute bewusst: Er war der Mann meines Herzens, der Spiegel meiner Seele. Fest hielt ich meinen Retter. Ein warmes Gefühl durchzog meinen Körper. Die Kälte verschwand. Ich blieb am Rand des Teiches stehen und beobachtete zufrieden meinen Prinzen, der mit seinen Kufen ein Herz in das Eis kratzte. Ich nahm ein mit Schnee bedecktes Blatt und pustete es in die Luft. Dann griff ich zärtlich nach Henrys Hand, die er mir entgegenstreckte. Im Gleichschritt fuhren wir über das Eis. Unsere Herzen glühten unter der Obhut des hellen Mondes.

»Du hast die Tür in meinem Inneren geöffnet. Du bist der Schlüssel zu meinem Herzen. Ich liebe dich«, rief Henry. Er strahlte dabei.

Wieder war es wie ein Blitz, der in mein Herz einschlug. Ich fühlte mich so wohl. Lächelnd hielten wir uns an den Händen und fuhren durch die Nacht. Die Sterne funkelten am Himmel. Ich hielt an und steuerte auf Henry zu. Im Grunde bewegte ich nur meine Lippen, alles andere ließ ich aus meinem Herzen fließen. »Ich habe das Gefühl, als würde ich dich ewig kennen. Als strahle deine Liebe zu mir durch Raum und Zeit, durch verschiedene Leben. Jeder Tag ist ein wahres Geschenk, in jedem Augenblick fühle ich unsere tiefe Verbundenheit. Lass es niemals aufhören.«

Henry streichelte meine Lippen, küsste meine Nasenspitze und nahm mich in den

Arm. Unsere dicken Jacken trennten uns zwar voneinander, aber die Wärme, die nur durch unsere Berührungen durch unseren Körper floss, brachte unsere Herzen in Sekundenschnelle zum Glühen.

Es ist egal, wie alt man ist oder wie alt man noch wird. Das, was einen jung hält, ist einfach die Fantasie. Sie macht das Leben zu etwas Besonderem und hält die Liebe frisch …

Ich hatte tagelang überlegt, wie ich Henry überraschen könnte. Plötzlich hatte ich eine Idee. Ich schrieb ein großes Plakat, das er auf keinen Fall übersehen konnte. Darauf war eine Wegbeschreibung zu mir und eine Uhrzeit. Ich hing es in seinem Flur am Spiegel auf, packte einen Picknickkorb und fuhr zu dem Pferdestall meiner Tante Bea. Versteckt zwischen Strohballen legte ich eine Decke aus.

Dann war es so weit. Ich versteckte mich und wartete auf Henry. Ich hatte alles ganz genau geplant. Es war dunkel, als ich endlich seine Schritte draußen hörte. Aus meinem Versteck blinzelte ich durch ein kleines Loch in der Holztür. Henry war mit einer Taschenlampe auf dem Weg zu mir durch das blühende Rapsfeld. Ich beobachtete ihn, wie er auf den Stall leuchtete. Das alte Holztor knarzte. Er rief meinen Namen. Irgendwo raschelte es, aber ich blieb still in meinem Versteck. Henry setzte einen Schritt vor den anderen und leuchtete überall hin, bis er schmunzelte.

Er liebte außergewöhnliche Orte und verrückte Ideen genauso wie ich. Mit meinem Plan traf ich also genau ins Schwarze.

Er hatte mich entdeckt. Versteckt hinter Zaumzeug stand ich da, bekleidet mit Reiterstiefeln, einem viel zu großen, karierten Männerhemd – seinem Hemd – und einem dicken Gürtel, den ich mir stramm um meine Taille geschnürt hatte. »Lass dich führen, fremder Mann«, rief ich ihm zu.

Verschmitzt sah er mich an und zuckte mit den Schultern. »Kennen wir uns? Wer sind Sie, wie heißen Sie denn? Ich gehe nicht mit Fremden mit!«

Ich drehte meinen Kopf zur Seite, blickte auf ein schwarzes Pferd und rief: »Eddi.«

Henry nickte. »Eddi, sagen Sie! Angenehm, Reith! Ich folge Ihnen, Sie führen!«

Wir lachten.

Henry streckte mir entschlossen seine Taschenlampe entgegen. Ich übernahm sie und hielt seine Hand. Ich führte ihn tiefer in den Stall hinein. Die Pferde wieherten. In einer versteckten Ecke blieb ich vor unserer Decke stehen. In den Gläsern sprudelte der Sekt. Ich nippte verführerisch daran. Henry hockte sich auf die Decke. Er nahm sich eine Weintraube und steckte sie sich in den Mund. Die Traube knackte ein wenig zwischen seinen Zähnen. Er drehte sich zu mir.

Als er sich langsam aufrichtete, musste ich auf seinen starken Adamsapfel starren, der sich dabei an seinem Hals bewegte. Dieser Mann war so männlich, so muskulös, so wunderschön!

Das Licht der Taschenlampe flackerte, es ging aus. Der Mond strahlte durch die kleinen Fenster der Pferdeboxen. Henry sah auf meine Beine. Seine Blicke flossen fast magisch über meinen Körper. Hitze breitete sich wellenförmig in mir aus. Überall, wo mich sein Blick traf, strömte Feuer durch meinen Leib. Er machte mich willenlos, warf mich ins Heu. Sein lockiges Haar fiel in sein Gesicht, als er sich zu mir herunterbeugte, um mich zu küssen. Zaghaft streifte ich über seine Jeans. Sein T-Shirt rutschte nach oben.

Mit meinen Fingern glitt ich über seine Haut. Ich streichelte seinen Bauch und flüsterte ihm zu: »Wenn ich dich liebevoll berühre, ich meine Finger zaghaft über deinen Körper führe. Mein Herz sich erwärmt, durch meine Liebe zu dir, ich mich behütet fühle, dank dir. Dann weiß ich, du bist mein Mann. Mit dem ich immer glücklich sein kann. Ich möchte nur mit dir zusammen sein!«

»Das möchte ich auch, das möchte ich doch auch! Nur das«, flüsterte Henry mir zu, während er mich inniger küsste.

Er legte sich vorsichtig auf mich. Ich spürte seine Hand in meinem Nacken. Ich schlang meine Arme und Beine um seinen Körper, als wollte ich ihn für immer gefangen nehmen. Mit meinen langen Fingernägeln kratzte ich über seinen Rücken. Er stöhnte leise auf. Mächtige Gefühle ergriffen Besitz von uns, sie lenkten uns. Fast willenlos gaben wir uns ihnen hin.

Ich roch das duftende Heu, sein starkes Parfum und verstand plötzlich, dass wir es, so wie wir waren, schafften, in vielen unserer gemeinsamen Augenblicke einen Zauber entstehen zu lassen, der sich nur durch unsere Kreativität offenbarte.

Henry stand auf, er gab mir seine Hand und zog mich hoch. »Du bist schön«, hauchte er in mein Ohr. »Du bist die schönste Frau, die ich kenne und die leidenschaftlichste. Warte kurz!«

Grinsend holte er etwas aus seiner Hosentasche. Eine geschnitzte Rose aus Holz. Ich wurde nervös, war überrascht und aufgeregt. Mir war klar, was das bedeutete. Denn wenn man sich wirklich liebt, bedarf es keiner Worte. Ich legte meine Hand auf das Kästchen und öffnete den Deckel. Eine zarte Melodie von Wolfgang Amadeus Mozart ertönte daraus.

Ich sah auf einen Ring mit einem geschliffenen Diamanten. Behutsam nahm ich ihn heraus, steckte ihn auf meinen Ringfinger. Er passte und sah zauberhaft aus.

Henrys Blick war fragend, fast mitleidig. Ich wusste nicht, weshalb, oder hatte er etwa kurzzeitig in Erwägung gezogen, ich könnte doch »Nein« sagen? Er war meine große Liebe, daher hätte er sich doch sicher sein können. Ich legte meine Arme um seinen Nacken, zog in näher zu mir heran und seufzte. »Ja! Aus ganzem Herzen ja! Hörst du?«

Es schien, als fiele ihm ein Stein vom Herzen. Er lächelte und fast, so hätte ich meinen können, verschwand er im siebten Himmel. Natürlich mit mir. Er nahm mich in den Arm und freute sich wie ein Kind. Ich freute mich mit. Irgendwie waren wir manchmal beide noch wie Kinder. Egal, es fühlte sich gut und richtig an.

♥

Selbst die magische Kraft
eines Augenblicks wird stärker,
wenn man ihn teilt ...

♥

Ich kann es kaum abwarten, den Ring dieses Mannes zu tragen, der mein Leben bedeutet. Gibt es etwas Schöneres, als unsere Liebe der Welt zu offenbaren? Nein, ich denke nicht! Dieser großartige Mensch gehört zu mir.

Heute haben wir geprobt! Unseren Hochzeitswalzer!

♥

Ich fühlte Henrys raue Haut an meiner Wange. Schritt für Schritt übten wir unseren Tanz.

»Das wird nie etwas! Ich habe zwei linke Füße. Das ist dir klar«, jammerte er.

»Der Wille zählt. Schau mich mal an.«

Ich hielt die Position, atmete tief und tanzte durch den Saal. Ich liebte es, zu tanzen, er hasste es. Ich ließ mich ganz allein von der Luft, die mich trug, über das Parkett führen.

Henry kam zu mir und nahm meine Hand. Wir begannen von Neuem. Diesmal hielten wir den Takt und selbst der Tanzlehrer war erstaunt. Ich sah Henry an, verliebt wie am ersten Tag. Die Musik wurde stetig leiser. Der Tanzlehrer gab mir ein Zeichen und verließ kurz den Raum. Ich nutzte die Gunst der Minute und küsste Henry.

Verträumt legte ich meine Handflächen auf seine Brust und lauschte dem Rhythmus unserer beiden Herzen. Sie schlugen gemeinsam im Takt der Musik. Von außen wurde es still, doch wenn man genau hinhörte, vernahm man zwei Herzen, die immer lauter füreinander schlugen. Sie spielten ihre eigene Melodie. Schlag für Schlag und Tag für Tag.

♥

Nicht jedem Menschen auf dieser Welt ist es vergönnt, die passende Hälfte zu finden, aber wenn du sie findest, dann halt sie fest. Sei dankbar und schätze die Augenblicke, die du hast.

♥

Svea

Ich legte das Buch ein Stück zur Seite, stand auf und lief zurück zu dem Sekretär. Konnte es etwa sein, dass ich die goldene Rose, die ich kürzlich erst noch in Händen gehalten hatte, um den Schlüssel zu entnehmen, in der Geschichte tatsächlich als Schmuckschatulle vorkam? Ich suchte nach der hölzernen Rose, die ich dort zwischen den Briefbögen liegen gelassen hatte. Ich war ganz sicher, als ich sie fand. Das konnte kein Zufall sein. Ich kehrte mit der kleinen hölzernen Rose zurück zum Kamin und setzte mich in den Sessel. Ich legte die flauschige Decke von Frau Breder über meine Beine und klappte den Deckel nachdenklich auf und zu. Die zarte Melodie begann zu spielen und hörte wieder auf. Ich grinste und streifte mit meinem Zeigefinger über den samtigen Stoff im Inneren, als plötzlich ein kleiner Funke des Feuers aus dem offenen Kamin flog und sich auf meinen Daumen setzte. Ich verspürte einen stechenden Schmerz. Die Rose rutschte mir vor Schreck aus der Hand. »Nicht doch!«, kreischte ich und versuchte, sie noch rechtzeitig aufzufangen, bevor sie den hellen Parkettboden berührte, doch es war zu spät. Sie plumpste zu Boden und der Spiegel fiel dabei aus dem Deckel. Er drehte sich eine Weile und blieb schließlich ruhig liegen. Erschrocken starrte ich auf die alte Holzrose. Der einzige Gedanke, der mir in diesem Augenblick kam, war: Was wird Frau Breder dazu sagen? Der Spiegel war zum Glück noch heil. Erleichtert hob ich ihn auf, um ihn zu befestigen. Ich blickte erstaunt auf den Deckel.

Hinter dem Spiegel klebte ein kleines schwarz-weißes Passbild. Es zeigte einen gut aussehenden Mann in jungen Jahren. Henry? Lächelnd sah ich auf seinen Knebelbart. Ich drehte das Passbild um. Eine Handschrift war noch schwach zu erkennen und ich flüsterte: »Je t'aime«. Ich legte das Foto zur Seite und betrachtete etwas genauer die hölzerne Rose. Eine Inschrift stand im Deckel: Vergiss mich nicht! In Liebe, Dein Henry!

Ob Frau Breder von dem versteckten Foto überhaupt wusste? Oder war es mir in kürzester Zeit etwa gelungen, durch Zufall, ein geniales Versteck von Agnes zu lüften? Gab es noch mehr Geheimnisse und einzigartige Verstecke an diesem Ort und in der Geschichte, die ich auf wundersame Weise entdecken könnte? All das faszinierte mich. Die Vergangenheit zweier Menschen setzte sich wie ein Puzzle im Hier und Jetzt vor meinen Augen zusammen. Rückblickend entpuppte sich der ganze Tag schon früh am Morgen als ein großes Geheimnis. Wie ein einzigartiges Rätsel meiner selbst!

Mir fiel auf, dass meine eigene Familie dagegen so etwas von unspektakulär war. Erst war ich unsicher, was mich an diesem Ort erwarten würde, doch jetzt fühlte es sich an, als steckte ich mitten in einer filmreifen Hollywood-Lovestory, die sich mit jeder Faser ihres Seins auf mich im echten Leben übertrug.

Ich legte den Spiegel zurück in die Dose und zog das geöffnete Buch mit stark klopfendem Herzen näher zu mir heran. Mein Daumen pulsierte noch, aber ich vergaß den Schmerz, als ich die nächste Seite umblätterte und bemerkte, irgendetwas stimmte nicht.

Das Papier der nächsten Seite wellte sich ein wenig. Die Tinte war verschmiert und es schien, als wäre das Papier nass geworden. Die Schrift war kaum zu entziffern. Ich überlegte, rätselte, dann blätterte ich eine Seite weiter, in der Hoffnung, wieder mehr lesen zu können, doch es fehlten Seiten.

Zum Glück stolzierte Frau Breder genau jetzt mit Fingerfood durch den Türrahmen. Sie war seltsamerweise immer zur richtigen Zeit am richtigen Ort.

»Es fehlen Seiten. Können Sie mir dazu etwas sagen?«

Frau Breder stellte das Essen ab. Sie schaute zu der hölzernen Rose, dann verwundert auf das kleine Foto. Ihr Blick verriet mir, dass sie es noch nicht kannte und überrascht war.

»Das Leben hält ganz plötzlich immer eine Überraschung für uns bereit ...! Und die beiden schaffen es noch immer, mich ins Staunen zu versetzen, egal, wie! Es liegt ein Brief in der Kiste, aber Sie müssen ihn jetzt nicht suchen, da ich gerade hier bin, verrate ich es Ihnen auch so. Sie sind jetzt an einem Wendepunkt der Geschichte angekommen. An einem Augenblick, der das Leben der beiden ganz plötzlich und unerwartet gnadenlos auf den Kopf gestellt hatte.« Frau Breder räusperte sich, als fiele es ihr schwer, weiterzusprechen.

»Ein paar Wochen vor ihrer Hochzeit fragte George Henry, ob er nicht Lust hätte, ihn beruflich kurzfristig zu begleiten. Er musste geschäftlich nach Frankreich. Henry willigte ein, obwohl Agnes gleich ein mulmiges Bauchgefühl hatte. Sie wusste zu der Zeit noch nicht, warum, aber es war so und das machte ihr ein wenig Angst. Henry war in einem Konflikt, entschied sich dann aber letztlich, George wenigstens für ein paar Tage zu folgen. Er liebte es, zu fischen und die Begehung eines alten Fischkutters vor Ort ließen sein Herz gleich, als er davon hörte, höherschlagen. Das etwas andere Leben dort wollte er sich als angesagter Architekt nicht entgehen lassen. Er brachte Agnes am letzten Abend einen kleinen Teddybären mit, um sie wenigstens ein wenig zu besänftigen und sagte ihr: ›Der Bär passt so lange auf dich auf, bis ich wieder bei dir bin!‹ Agnes hatte Bären immer geliebt.

Sie hatte sie später sogar eine Zeit lang selbst genäht. Sie freute sich, nahm den Bären schweren Herzens an sich und ließ Henry ziehen. Sie hätte es natürlich auch ohne Bären getan, denn ihr war klar: Träume soll man leben und nicht aufhalten. Also machten sich George und ein paar Tage später auch Henry auf die Reise und Agnes bereitete stattdessen mit ihrer Familie, den Verwandten und Freunden alles für ihre bevorstehende Hochzeit vor. Doch eines Abends, zwei Tage bevor Henry zurückkehren sollte, schellte es plötzlich an Agnes' Tür. Es war Henrys Vater, mit einer schlechten Nachricht. Die Polizei war kurz vorher bei ihm gewesen, der Fischkutter, auf dem Henry mit George früh morgens zur See gefahren war, wurde von einem schlimmen Unwetter überrascht. Das Schiff geriet durch den kräftigen Sturm erst ins Wanken, dann in Schieflage und die monströsen Wellen sorgten dafür, dass der alte Kutter sank. Er wird seitdem vermisst. Die Besatzung und George konnten sich mit starker Unterkühlung glücklicherweise noch rechtzeitig in eine Rettungsinsel retten. Doch von Henry fehlte jede Spur und alle gingen davon aus, dass er das Unglück nicht überlebt hatte. Er galt als vermisst. Sie können sich vorstellen, Svea, für Agnes brach im ersten Augenblick eine Welt zusammen, doch sie war stets eine tapfere und gläubige Frau. Kurz nachdem Henrys Vater spät am Abend ihr Haus verließ, sah sie auf Henrys Bären. Sie nahm ihn in die

Hand, drückte ihn ganz fest an sich und blickte dabei aus dem Fenster. Sie sah den Sternen beim Strahlen zu und sprach ein kleines Gebet. Sie schickte Henry, wie jeden Abend, seinen Luftkuss in den Himmel, dann betrachtete sie die Sterne. In dieser Nacht flog plötzlich ein helles Licht durch den Sternenhimmel. Vielleicht war es eine Sternschnuppe, ein Zeichen, vielleicht eine Antwort, vielleicht auch nur Fantasie. Egal, es gab Agnes ein gutes Gefühl. Ein Gefühl, dass Henry, ihre große Liebe noch lebte. Sie wusste nicht, was genau passiert war, nicht, wie es ihm ging oder wo er war, aber sie spürte, ihre gemeinsame Zeit war noch nicht vorüber. Henry war bei ihr, trotz der Ferne, war er ihr im Herzen noch immer ganz nah.« Frau Breder hielt einen kurzen Augenblick inne.

»Lesen Sie weiter, denken Sie immer daran, alles hat ein gutes Ende und wenn es nicht gut ist, ist es noch nicht das Ende! Und vergessen Sie nicht, zwischendurch etwas zu essen, die Schnittchen sind wirklich gut. Ich kümmere mich jetzt erst wieder um meinen Mann.« Frau Breder lächelte, sie nahm das Foto mit und verließ erneut das Haus.

Ich sah erschrocken auf das Tagebuch. Die Geschichte von Agnes und Henry Reith berührte mich tief. Aus Neugier blätterte ich es einmal komplett durch. Plötzlich machte ich eine neue Entdeckung. Immer wieder fand ich zwischen den Einträgen von Agnes blaue Briefbögen von Henry. Sie klebten abwechselnd zwischen den nächsten Seiten. Mein Herz schlug schnell und meine Wangen glühten von der Hitze, die der Kamin neben mir ausstrahlte. Die traurigen Zeilen zu lesen, war für mich wie ein Messerstich ins Herz. Ich spürte den Schmerz zweier Menschen, als wäre es mein eigener. Beide hatten über ihre große, verlorene Liebe geschrieben. Sie lebten ab diesem Augenblick zwei unterschiedliche Leben, aber ihre Herzen ließen sich nicht los. Gebannt tauchte ich in die Geschichte zurück …

Agnes

Ich brauchte nicht lange, um zu wissen, dass mich in Deutschland unter diesen Umständen nichts mehr hielt. Ich stoppte schweren Herzens alle Hochzeitsvorbereitungen, sagte alles ab. Ich nahm mir direkt Urlaub und folgte George sofort mit dem Zug nach Frankreich. Angekommen in Paris, stieg ich zu ihm ins Auto ein. Wir umarmten uns, dabei stach mir direkt eine große Schürfwunde an seiner Schläfe ins Auge. Sie heilte bereits ab. Ich sah den tiefen Schmerz in seinen Augen. Das schlechte Gewissen nagte an ihm sowie der schwere Verlust seines besten Freundes. George hatte Henry zwar überredet, mitzukommen nach Frankreich, doch er hatte keine Schuld. Niemand hatte das, es war ein Unglück. Ich hielt den kleinen Teddy, den mir Henry vor seiner Abfahrt geschenkt hatte, fest in meiner Hand. George begann, mir alles in Ruhe zu erzählen. Ich ließ ihm Zeit, denn ich merkte, es fiel ihm unglaublich schwer.

»Es war eine spontane Entscheidung, als wir die Begehung hinter uns hatten. Henry und ich waren gleich Feuer und Flamme. Der alte Kutter schipperte am nächsten Tag früh morgens mit uns los und hielt einige Zeit später, weit weg vom Festland entfernt, an. Riesige Fangnetze versanken im Meer. Nun hieß es für uns alle abwarten. Die Fischer saßen mit uns in der Kajüte, wir tranken Rum und sie erzählten uns spannende Geschichten. Später sangen sie gut gelaunt alte Seemannslieder. Wir summten und sangen sogar mit. Die Stimmung war gigantisch, alles faszinierte uns, obwohl wir wussten, dieser Tag war eine Ausnahme, nicht nur für uns, auch für die Fischer. Besuch hatten sie sonst selten. Es war nicht die Regel.

Uns war bewusst, dass die Fischerei auch Gefahren mit sich brachte und der Beruf ein richtiger Knochenjob war. Uns war in dem Augenblick nur nicht klar, wie schnell sich eine Situation auf See in diesem Fall verändern konnte. Im ersten Moment schien das Fischerleben für uns einfach anders, leicht, ohne Zeitdruck und Stress. Doch mit einem Mal kippte schlagartig die gute Stimmung, als der Wind immer kräftiger wurde und urplötzlich ein schweres Unwetter aufzog. Es donnerte und blitzte. Das erst so ruhige Meer verwandelte sich schlagartig und riesige Wellen jagten auf uns zu. Der Fischkutter geriet ins Wanken, er konnte die Wellen nicht bezwingen. Mortimer, der Fischermeister und Besitzer des Kutters, befahl uns, in der Kajüte zu warten. Das taten wir auch, zumindest eine Zeit lang, denn dann spritzte jede Menge Wasser herein. Alles wackelte und knackte gefährlich. Wir stürmten an Deck, als der Kutter in Schieflage geraten war.

Ich hatte Todesangst, als ich bemerkte, dass selbst die erfahrenen Fischer mit ihrem Wissen diesen Wellen nicht gewachsen waren. Ich verlor den Halt und schrie, Henry griff furchtlos nach meiner Hand. Er hielt mich fest. Wir sahen uns voller Angst an, meine Panik spiegelte sich in seinen Augen. Henrys Gesichtsausdruck vergesse ich nie. Dieser Moment war der letzte, dann wurden wir durch eine riesige Welle auseinandergerissen. Wir stürzten ins Meer und der Sog des Wassers riss mich in die Tiefe. Ab da war alles bitterkalt und stockfinster. Panisch versuchte ich, wieder an die Oberfläche zu schwimmen, um aufzutauchen. Mich traf etwas Hartes gegen die Schulter, was es war, weiß ich bis heute nicht, denn ich tauchte bereits auf. Ich rang wie verrückt nach Luft und hielt mich an einem treibenden Stück Holz fest. Ich war völlig benommen und kraftlos, erkannte aber etwas unscharf einige Meter weiter eine kleine Rettungsinsel. Ich paddelte mit letzter Kraft darauf zu, krallte mich an allem fest, was ich gerade zu fassen bekam, um nicht unterzugehen. Irgendwann spürte ich meine Beine nicht mehr, doch die starken Wellen des Wassers drückten mich zum Glück weiter voran. Zwei der Fischer zogen mich auf die Rettungsinsel, dann wurde ich bewusstlos.

Agnes, ich habe ihn nicht mehr gesehen oder gehört. Die Monsterwellen waren so stark, das Rauschen zu laut, ich zu schwach. Aber glaube mir, ich tue alles, was in meiner

Macht steht, damit wir ihn finden. Überall in der Nähe des Unglücksorts hat die Küstenwache bereits in den letzten Stunden nach Henry gesucht. Ich telefoniere täglich mit seinem Vater. Die Vermisstenanzeige ist ebenfalls bei der Polizei aufgegeben. Jetzt fehlt nur noch das Foto, damit sie auch veröffentlicht werden kann. Hast du seine Fotos mit?«

Ich starrte zu George, nickte und zeigte auf meine Handtasche. Durch meine wilde Vorstellungskraft lief ein Film vor meinem inneren Auge ab. Mein Körper wurde vor Entsetzen schwer wie Blei. Ich zupfte nervös an dem Fell des kleinen Bären, der mich mit seinen großen braunen Knopfaugen freudig anlächelte und in den letzten Tagen stets begleitete. Ich holte tief Luft. Tränen sammelten sich in meinen Augen, doch genau in diesem Moment flog eine weiße Feder wie durch Zauberei gegen unsere Windschutzscheibe und blieb am Scheibenwischer hängen. Ich öffnete die Fahrzeugtür und holte die flauschige Feder zu uns ins Auto. Ich dachte dabei an Henry und an einen Mann, einen Jäger, der Henry und mir vor langer Zeit im Wald erzählt hatte, welch unglaubliche Kraft eine weiße Feder symbolisiert. »Sie ist ein Zeichen, er lebt George, ich weiß es und spüre es tief in meinem Herzen. Ich bin mir sicher! Es wird alles gut!«

»Ich hoffe so sehr, dass du recht hast! Es tut mir so schrecklich leid«, sagte George voller Mitgefühl und Trauer. Er blickte zu meiner

Hand, dann auf meinen Ring und zündete den Motor.

Wir statteten als Erstes einer kleinen Polizeiwache einen Besuch ab. George hatte bereits direkt nach dem Unglück mit dem schmächtigen Beamten vor Ort ein längeres Gespräch geführt. Beim Eintreten fragten wir Herrn Chevalier nach Neuigkeiten, doch der Polizeibeamte schüttelte nur seinen Kopf und lotste uns erst einmal in einen ruhigeren Raum. Einige Beamte saßen dort vor ihren Schreibtischen und tippten auf den Schreibmaschinen. Wir setzten uns auf einen freien Platz, den uns Herr Chevalier zuwies. Der ältere Herr streifte nachdenklich über sein Kinn und setzte sich zu uns. Sein Schreibtisch war ein wenig unaufgeräumt und zwei leere Tassen Kaffee standen direkt vor mir. Der Polizeibeamte räumte sie schnell weg und räusperte sich dabei, in der Annahme, wir hätten es nicht bemerkt. Dann kramte er ein paar Unterlagen aus einem riesigen Haufen voller Papiere hervor und legte sie uns vor. Ich hörte Stimmen und richtete meinen Blick kurz zur Seite, dann kam ein weiterer Kollege in Uniform und eine junge Frau auf uns zu. Wir wurden einander vorgestellt. Frau Martin blieb neben Herrn Chevalier stehen und George übersetzte mir, was sie sagte. Sie fing an, von der Strömung des Meeres zu erzählen. Der Polizist zeigte uns auf einer Karte, wo Henry hätte angeschwemmt werden müssen. Doch obwohl die Küstenwache dieses Gebiet bereits Zentimeter für Zentimeter abgesucht hatte, gab es von ihm keine Spur. Er war und blieb verschwunden.

Schweren Herzens gab ich Herrn Chevalier nach dieser Erkenntnis ein paar Fotos von Henry, für die genaue Personenerkennung, zur Weitergabe und für seine Akte. Bei jedem Bild, das ich langsam aus meiner Tasche zog, blutete mein Herz. Es schien mir, als gab ich nun die letzten Habseligkeiten, die mir von meiner großen Liebe blieben, auch noch in fremde Hände. Und das, ohne zu wissen, was in geraumer Zukunft in meinem Leben geschah. Bekam ich sie je als Andenken zurück? Die brünette Frau, die, so schien es mir gleich, ein Auge auf George geworfen hatte, stellte uns noch ein paar Fragen, dann tippte sie alle fehlenden Details mit einer sehr modernen Schreibmaschine aufs Papier, damit sie zügig an alle wichtigen Stationen weitergeleitet werden konnten.

Während wir uns unterhielten, legte Herr Chevalier das fertige Papier und die Fotos von Henry erst einmal zur Seite. Er hatte Feierabend und wir erfuhren nebenbei, dass es an diesem Tage sein letzter Arbeitstag war, bevor er seine Rente antrat und aus Altersgründen seinen Dienst aufgab. George wies ihn noch einmal auf seine Telefonnummer und auch die von Henrys Vater hin, in der Hoffnung, uns würde irgendwann ein Anruf mit einer guten Neuigkeit ereilen, dann verließen wir das Revier.

♥

Das Herz eines Menschen,
so wertvoll, so zart wie aus Glas,
zerbrechlich, wohl behütet,
doch nach außen hin so stark.
Mal schlägt es im Takt,
mal rast es vor Glück,
mal zerspringt es in tausend Teile,
Stück für Stück …

♥

Wir machten uns auf den Weg zu dem überlebenden Fischermeister. Zu Mortimer. Es dauerte ein wenig, bis wir das kleine verträumte Fischerdorf erreichten. Wir fuhren durch enge Gassen. Überall waren unterschiedliche bunte Häuschen mit blauen Fensterläden zu sehen. Alles sah so friedlich aus. Ich bewunderte beim Vorbeifahren eine alte Seemannskirche aus dem 15. Jahrhundert. Sie war aus Holz, mit einem separaten Turm. Zwischen den Häusern und am Straßenrand wuchsen jede Menge exotische Pflanzen. Wohl um mich abzulenken, erzählte mir George, dass sie von den Seefahrern mitgebracht worden waren, die von ihren Seereisen zurückkehrten und in diesem Dorf lebten.

Dann hielten wir an und stiegen aus. Ein paar Fischer waren noch mit Aufräumen der Boote und der Netze beschäftigt. Wir liefen auf jede Menge aufeinander gestapelte Holzkisten zu, die, so schien es uns, für den Transport vorbereitet wurden. Ich riskierte einen kurzen Blick beim Vorbeigehen hinein und erkannte reichlich Salz, in das der Fisch bereits eingelegt worden war. Wir betraten eine kleine Halle und ich suchte mit George nach dem älteren Mann, dem der versunkene Fischkutter und noch zwei andere gehörten.

Es dauerte nicht lange, bis ein grauhaariger Mann mit Bart und einem schwarzen Fischerhut, mit langer Krempe im Nacken, den er sich tief ins Gesicht gezogen hatte, auf uns zu kam. Er stellte sich mir vor, doch er sprach nur Französisch, George übersetzte mir alles. Es war der Fischer, den wir suchten. Mortimer, der Herr der Meere, so wie ihn hier alle nannten. Das Gesicht des Mannes sah fahl und runzelig aus. So, als hätte er in seinem Leben schon einiges erlebt und seit dem Unglück nicht viel geschlafen. George erzählte mir, dass er sich auch schuldig fühlte. Er hatte George und Henry schließlich spontan auf die Idee gebracht, mit ihnen in See zu stechen. Ich spürte förmlich, dass ihm dieses schlimme Erlebnis auch noch tief in den Knochen steckte. Es war grotesk. Vor ein paar Stunden waren wir noch Fremde, jetzt Verbündete, auf der Suche nach meiner großen Liebe. George und ich folgten Mortimer zu seinem Büro. Ich sah mich um, vielleicht, um auf andere Gedanken zu kommen. Vielleicht aber auch, um zu erfahren, welche letzten Eindrücke Henry vor Tagen noch sammeln konnte. Ich schielte unauffällig zur linken, dann zur rechten Seite. Zwei Fischer liefen mit leeren Holzkisten in Händen grinsend auf uns zu, dann an uns vorbei. Überall roch es für mich penetrant nach Fisch. Den Fischern schien es mittlerweile nichts mehr auszumachen. Sie hatten sich daran gewöhnt. Alles im Leben war schließlich eine Sache der Gewohnheit. Ich sah mich weiter neugierig und in Gedanken versunken um.

Endlich hatten wir das kleine Büro erreicht. Ein paar Schiffsmodelle, jede Menge Pläne und Routen sowie diverse Gegenstände nahm ich wahr. Wir setzten uns und ich beobachtete Mortimer. Als er die Ärmel seines dicken Pullovers nach oben schob, stach mir ein großes Tattoo an seinem linken Unterarm in die Augen. Es war, wie sollte es auch für diesen kräftigen Kerl anders sein, ein Anker. Ein Tau schlängelte sich wie eine Liane daran hoch. Seine tiefe unbesiegbare Liebe zum Meer brachte er so noch einmal auch im Außen zum Ausdruck. Ein Anker, der fest am Meeresboden lag, um dem Schiff die notwendige Stabilität zu schenken, die man anscheinend im wahren Leben niemals hatte. Aber vielleicht brachte mir dieses Seefahrtsymbol auf meinem Lebensweg jetzt noch einmal Glück, denn es war in der Regel ein Zeichen der Hoffnung auf die Zukunft und auf Liebe. Vielleicht ein neuer Wink des Universums, dass Henry irgendwann in seinen Heimathafen, meine Arme, zurückkehrte. Ein Anker stand schon ewig für Halt und Festigkeit, das war mir klar, doch während ich Mortimers Stimme lauschte und versuchte, dem Gespräch zwischen George und ihm wenigstens ein wenig zu folgen, wurde mir schmerzlich bewusst, dass es nicht nur in den Weiten der Meere stürmisch werden konnte, sondern urplötzlich auch im eigenen Leben.

Mortimer begann, sich seine Pfeife zu stopfen. Mein Blick schweifte über an einer Wand hängende alte Fangnetze, zu einem staubigen Holzregal, auf dem ein Kompass und eine dicke Flasche, in der ein Schiff steckte, lagen. Ich konnte meinen Blick davon nicht mehr abwenden, denn es fühlte sich an, als zersprang mein Herz in tausend Teile.

Mit einem Mal nahm ich die Stimmen um mich herum nicht mehr wahr, sondern versank in meinen Erinnerungen.

Ich hörte plötzlich, wie die Tür unserer Wohnung aufflog. Schnell zog ich meinen Bademantel an und lief freudestrahlend in den Flur. Unsere Blicke trafen sich nach einer längeren Geschäftsreise zum ersten Mal. Ich spürte das Glück, Henry endlich wieder an meiner Seite zu haben. Er nahm mich stürmisch in den Arm. Ich fühlte mich, als wäre ich im Paradies. Ich hatte ihn so schrecklich vermisst.

»Schau, ich habe dir etwas mitgebracht.«

Er überreichte mir eine längliche Kiste. Eine pompöse gelbe Schleife zierte sein Geschenk. Gespannt öffnete ich es. Unter der dünnen Papierschicht kam eine ungewöhnliche Flasche zum Vorschein, in der ein kleines Schiff steckte.

Henry legte das Papier zur Seite. »Das ist ein Buddelschiff! Hier, schau, ich habe sogar in das Holz deinen Namen und die Zahl 24 eingravieren lassen. Die Flasche wurde auf einem Kittozean verleimt.«

Er strahlte mich an. Ich zog die Flasche beeindruckt aus der eher tristen Verpackung und hielt das zerbrechliche Glas hoch. Ich staunte über die winzige Schrift auf dem Boot. Ich stellte mein Buddelschiff glücklich in mein Regal und umarmte ihn.

»Henry, mach mal deine Augen zu und stell dir vor, wie wir das Schiff betreten und mit ihm Ozeane überqueren. Nur wir beide, siehst du auch den Sonnenuntergang? Rot und schön ist der Himmel. Fühl die Brise auf deiner Haut. Spürst du sie? Hörst du die Möwen und die Wellen? Siehst du sie? Diese Flasche bekommt einen Ehrenplatz!«

Henry lachte. »Deine Fantasie ist grenzenlos«, flüsterte er.

Ich nickte und Henry drückte mich gegen die Wand. Er küsste mich hingebungsvoll.

An diesem Abend schauten wir uns lange an, ich streichelte sein Gesicht und sein Haar. Glücklich, ihn wieder in meinen Armen halten zu dürfen, küsste ich ihn auf die Stirn, dann auf die Nase, den Mund. Ich liebte es, seine weiche Haut zu spüren, seine Lippen, die meine sanft berührten. »Du hast mir gefehlt. Jeden Tag habe ich darauf gewartet, dich zu sehen, dich zu spüren. Schön, dass du da bist. Ich freu mich so wahnsinnig. Komm, schnell!«

Wir waren beide erleichtert, alberten und liefen ins Wohnzimmer.

»Jetzt ›herzeln‹ was das Zeug hält?«

Ich grinste voller Vorfreude. »Und wie!«

Ich sah sein Lachen, seine Grübchen, für die er sich selbst schämte. Dieses lockige Haar, das ich Strähne für Strähne aus seinem Gesicht pustete.

Damals hätte ich niemals gedacht, dass uns ein Schicksalsschlag trennen könnte. Ich dachte immer, alles bringt uns näher zusammen. Ich hatte mich geirrt.

Mortimer stand auf. George nahm mich in den Arm, wir gingen zur Tür hinaus und verabschiedeten uns. Von zwei anderen Seemännern ließen wir uns zu der Stelle bringen, wo sich das Schicksal ereignete. Ich wollte alles wissen, alles spüren und berührte von außen das kühle Boot, bevor wir einstiegen und losfuhren. Die Wellen rauschten. Ich sah auf das Meer, dann in den Himmel und zu George, der sehr nervös war und bereits Schweißperlen auf der Stirn trug. In dem Augenblick wurde mir bewusst, dass Sicherheit ein Irrglaube ist, aber dass es wichtig ist, sich jederzeit seinen Ängsten zu stellen, um sie zu bezwingen. Nicht alle wären so stark gewesen wie George in diesem Moment. Tat er das für sich? Für Henry? Oder für mich? Ich wusste es nicht, aber ich bewunderte ihn für seinen Mut.

Nach einiger Zeit des Schweigens kehrten wir zurück zum Festland, und unsere eigentliche Suche begann. Wir befragten alle Anwohner im Umkreis, die uns entgegenkamen. Danach fuhren wir weiter zu einem benachbarten Fischerdorf. Ich lauschte der Musik im Auto, dabei musste ich immerzu an die Worte von George denken. Ich sah Henrys liebevolle Augen vor mir. Jedes Lied, das aus dem Autoradio schallte, ließ meine Kiefermuskulatur mehr anspannen. Es war verrückt. Ich konnte es selbst nicht glauben. Unvergessliche Momente, die ich mit Henry in den letzten Jahren erleben durfte, stiegen mir zu Kopf und ich versuchte, sie krampfhaft zu unterdrücken, um nicht schon wieder vor George in Tränen ausbrechen zu müssen. Ich wollte nicht ständig anfangen zu weinen. Wortlos blickte ich durch die Windschutzscheibe auf die Straße, dann in den Himmel. Das Lichtspiel der Sonne zwischen den Bäumen am Straßenrand hätte mich noch vor ein paar Tagen wahrlich inspiriert und verzaubert, doch nun fühlte ich mich einfach nur einsam und leer.

Ich hatte in meinem bisherigen Leben oft geweint. Manchmal waren es Tränen der Freude, manchmal waren es Tränen großer

Verzweiflung. Manche Tränen entstanden durch äußerlichen Schmerz. Doch diese Tränen, die flossen, vermag ich nicht zu beschreiben. Sie kamen tief aus meiner Seele. Als würde der Fluss des Lebens aus meinen Augen laufen, Henry hinterher.

George stoppte den Wagen, er redete mir gut zu. Ich sah zu ihm auf und holte einen kleinen aufklappbaren Spiegel aus meiner Handtasche. Ich wischte meine Tränen weg, er hatte recht. Henry hätte nie gewollt, dass ich mich so fühlte. Ich atmete tief ein, puderte mein Gesicht und benutzte meinen Lippenstift. Henrys Lieblingsfarbe. Ein wenig Zuversicht kehrte zurück. Tapfer richtete ich meinen Blick auf die neuen schlanken Fischerhäuser, zwischen denen wir angehalten hatten. Wir stiegen aus und hörten uns weiter um …

Als die Sonne unterging, quartierten wir uns in einer Pension ein, mit der Hoffnung, der nächste Tag würde uns einen Schritt weiterbringen.

Doch gleich beim Aussteigen bemerkte ich ein Boot unter einer Plane und während ich George durch die Tür der Pension folgte und er uns anmeldete, ging es bei mir gedanklich schon wieder los …

»Gleich kannst du die Augen öffnen«, sagte Henry gut gelaunt.

Ich ließ mich durch das Dickicht führen. Er hielt meine Lider mit seinen Händen zu. Voller

Erwartung spürte ich nasses Gras an meinen Beinen, dann blieben wir stehen. Henry nahm seine Hände von meinem Gesicht und ich schaute mich neugierig um.

»Henry, das ist wundervoll!«

Er lächelte. »Ich weiß, dass Augenblicke nicht wiederkehren. Wenn wir gemeinsam mit achtzig Jahren zurückblicken, möchte ich mich an diese Momente erinnern. An die grenzenlose Freude in deinem Gesicht. Ich möchte sagen können, ich würde es jedes Mal genauso machen. Jedes Mal, hörst du?! Das allein macht mich zum glücklichsten Menschen auf dieser Welt. Wenn du glücklich bist, bin ich es auch. Wie könnte ich es dir besser zeigen?«

Auf dem stillen See schwamm ein kleines Boot mit mehreren Decken. Es war ein Ruderboot aus Holz, das am Steg befestigt war.

»Was machst du nur mit mir? Dein Blick fesselte mich schon damals, dein Herz brachte meines zum Schmelzen, gnadenlos. Du machst mich ständig willenlos und ich kann nichts dagegen tun.«

Wir lachten.

»Und du mich völlig handzahm«, erwiderte Henry.

»Niemandem sonst hätte ich nach so kurzer Zeit ein so teures Geschenk gemacht.«

Henry deutete fragend auf das silberne Armband um sein Handgelenk, das ich ihm am Anfang unserer Beziehung zum Geburtstag geschenkt hatte. Ich nickte.

»Jetzt komm schon!« Freudig lief ich über den kleinen Steg und stieg in das wackelige Boot. Ich setzte mich unbeholfen auf das Holz. Henry ruderte uns hinaus. Der Wind wehte nur zaghaft, eine leichte Brise, die über meinen Körper strich. Wir hörten den quakenden Fröschen zu, die versteckt im Schilf um ihre Froschprinzessinnen buhlten. Vielleicht beobachteten sie uns und dachten: Schaut euch die Menschen an. Aber wenn sie das dachten, wenn Frösche so weit denken könnten, dann hatten sie auch gesehen, wie viel Liebe in diesen zwei Körpern steckte.

Henry musterte mich. Er legte die Paddel weg. Ich bemerkte, dass sein Blick starr auf meinen Lippen hing. Vorsichtig stand er von seinem Platz auf und kuschelte sich an mich. Dann deckte er uns zu. Arm in Arm sahen wir in den Sternenhimmel. Ich legte meinen Kopf in Henrys Halsbeuge, schloss meine Augen und genoss die Geborgenheit. Unsere Brustkörbe hoben und senkten sich gleichzeitig, als sich unsere Finger durch Zufall berührten. Lust beflügelte uns in dieser warmen Sommernacht. Ich schaute zu ihm auf, dann in den Himmel.

»Schau! Da ist Sirius.« Ich zeigte auf einen strahlend schönen, hellen Stern, unseren Stern. Doch Henry nahm meine Hand. Er hielt sie fest.

»Ich sehe ihn, aber vor allem sehe ich dich«, hauchte er in mein Ohr.

Ich schluchzte. Jede Erinnerung ließ meinen Körper zu Stein erstarren. Ich hatte das Gefühl, in meinem Herzen steckte ein Kloß. Ich musste Henry einfach finden, egal, wie. Wir legten uns erschöpft schlafen und verließen gleich am frühen Morgen die Pension.

»Der frühe Vogel fängt den Wurm«, erklärte ich George, der sonst eher ein Langschläfer war, aber ich wollte keine Zeit verlieren.

Wir holten Henrys Fotos hervor, fragten überall, dann ging die Sonne auch schon erneut unter. Frustriert verließen wir Ort für Ort, ohne einen Hinweis. Nachdem wir alle Ortschaften, wo Henry laut Frau Martin angeschwemmt hätte werden können, erfolglos besucht hatten, setzten wir uns frustriert und mit schwerem Herzen zurück in Georges Auto. Er drückte das Gaspedal durch und folgte der Straße Richtung Paris. Wir fuhren nachdenklich durch belebte Innenstädte, an Kinos, an Ladenlokalen, an kleinen Cafés vorbei, in denen Paare saßen. Parkten und stiegen aus.

Wir zeigten die Fotos, in der Hoffnung, jemand hätte Henry erkannt und könnte uns einen heißen Tipp geben. Ich sah in die Gesichter der Menschen. Manche Mienen waren hart und verbittert, eine Mimik, die ich trotz meines Verlustes nie wollte. Wir gingen zu Fuß weiter, besuchten weitere Ortschaften, in denen Henry mit George Zeit verbracht hatte, bevor das Unglück passierte. Wir fragten erneut in ihrem damaligen Hotel nach, ob George mittlerweile eine Nachricht bekommen hatte, falls Henry ihn suchte. Doch es gab kein Lebenszeichen. Ich sah mich in der großen Hotellobby überall um. Bis jetzt hatte ich noch nie so viele Menschen gesehen, die glücklich miteinander waren. Hölle!

♥

An dem Tag, als ich dich fand,
knüpften unsere Herzen
ein magisches Band.
Dieses unsichtbare Band,
getragen durch Liebe und Magie,
führt uns ins Land der grenzenlosen Fantasie.
Ein unzerstörbares Band,
das unseren Weg lenkt durch Raum und Zeit
und das uns schützt
vor der dunklen Unendlichkeit.

♥

Spät in der Nacht quartierten wir uns in einem Apartment ein, um am nächsten Tag weiter nach Henry zu suchen. Doch meine Vergangenheit holte mich schneller ein, als es mir lieb war. Es war nur ein einfaches Kartenspiel, das dort auf dem Tisch lag, aber dies reichte schon aus, denn damals spielte ich mit Henry oftmals völlig sorglos Mau-Mau.

Die Karten flogen eifrig auf den Tisch. In unseren Gesichtern sammelten sich viele schwarze Streifen, die wir uns albernd mit Kohle gegenseitig in unsere Gesichter zeichneten. Sie sollten uns signalisieren, wer von uns beiden der Verlierer war.

Dies war unsere eigene Tradition, unser Brauch, um gerade an kalten Winterabenden, Feuer im Herzen zu bewahren. So passierte es auch, dass der erste Kohlestreifen aus Spaß in meinem Gesicht landete, nachdem Henry neues Holz in unseren Kamin warf und mit seinem Zeigefinger, als kleine Geste, über meine Nase strich. Ohne zu wissen, dass sich dort noch Ruß befand. Von dem Tag an gehörte zu jeder Mau-Mau-Schlacht auch ein herrliches Ruß-Spektakel, das uns auch ohne brennenden Kamin ins Schwitzen und jede Menge Freude brachte.

Ich grinste, lachte kurz auf, dann biss ich mir erneut feste auf meine Unterlippe, um mich abzulenken und um dem Schmerz in meinem Herzen zu entkommen. Ich löste meine Erinnerung auf, sah zu George. Ich setzte mich mit ihm erschöpft auf die Couch, wir sahen uns die Fotos von Henry an, tranken ein Bier mit der Gewissheit: Morgen ging die Suche weiter.

♥

Nachts wenn ich nicht schlafen kann,
ziehst du mich in meinen Gedanken
in deinen Bann.
Zu den Sternen schaue ich auf,
und nehme die unerklärliche Einsamkeit
in Kauf.
Doch ich weiß,
im Herzen bist du stets bei mir
und ich bin es bei dir.
Die Ferne uns nicht trennen vermag,
denn wahre Liebe entflammt im Herzen
Tag für Tag.

♥

Henry

Das Einzige, an das ich mich erinnern konnte, war, dass ich völlig durchnässt am Strand zu Bewusstsein kam. Ein Fremder machte sich gerade an meinem Arm zu schaffen. Als ich mich wehrte, lief er mit meiner Uhr davon. Die kalten Wellen des Meeres spülten über mich hinweg und ich war voller Sand. Ich hatte schrecklichen Durst und gleichzeitig den Geschmack von jeder Menge Salz in meinem Mund. Ich biss die Zähne zusammen und ballte meine Hände zu Fäusten, als ich einen stechenden Schmerz an meiner Wade verspürte. Überall knirschte Sand zwischen meinen Zähnen. Ich stand etwas unbeholfen und schlapp auf, dabei sah ich mich um, aber nichts an diesem Ort weckte eine Erinnerung in mir. Alles war fremd. Möwen kreisten über mir. Sie kamen mir in diesem Augenblick vor, als wären sie Geier, die auf ihr Festmahl warteten. Beim Aufstehen bemerkte ich, dass mein linkes Hosenbein stark zerrissen war. Ob ich erst kürzlich einen schweren Kampf ausgefochten hatte? Mein Kopf hämmerte wie verrückt, wie nach einer durchzechten Nacht. Hatte ich zu viel getrunken und mich womöglich geprügelt? Ich wusste es nicht. Ich blickte auf einen alten Schuppen neben einem einsamen Haus. Ich schleppte mich kraftlos dorthin. Die Sonne brannte in meinen Augen, ich brauchte Schatten und Ruhe. Vorsichtig öffnete ich die sperrige Tür. Sie ähnelte einem Holzgitter. Zwischen jeder Menge Holzscheiten, Sand und Kies ließ ich mich einfach auf den Boden fallen. Ich zog mit letzter Kraft an einer Plane, die über das Holz gespannt war und deckte mich mit ihr zu. Ich fror bitterlich. Mein Körper war völlig ausgelaugt, dann hatte ich wieder einen Filmriss.

Als ich das nächste Mal wach wurde, erschrak ich, als mich eine junge und eine ältere Ärztin, der ein Stethoskop um den Hals baumelte, in einer warmen Stube nachdenklich ansahen. Ich lag in einem weichen Bett und starrte benommen auf eine Nierenschale aus Metall. Einige Kompressen und Verbandsmaterial konnte ich darin erkennen. Meine Augen brannten immer noch, ich blinzelte.

»Est-ce que tu peux me comprendre?«, sprach mich die junge Ärztin an.

Ich fragte mich, warum sie Französisch sprach? Ich erkannte die Sprache, verstand sie aber dennoch nicht gut. »Ich kann Sie nicht verstehen«, flüsterte ich kraftlos und unter Schmerzen. Überrascht drehte sich die ältere Ärztin zu mir um.

»Sie sprechen Deutsch? Können Sie mich verstehen? Sie scheinen ein Glückskind zu sein. Die wenigsten sprechen hier im Ort Deutsch.

Meine zwei Söhne haben Sie vor einigen Stunden gefunden. Sie waren nicht ansprechbar und völlig unterkühlt, als man Sie in einem alten Holzschuppen fand. Sie müssen lange in dem Schuppen gelegen haben.«

Ein Telefon klingelte irgendwo. Die junge Ärztin verließ den Raum. Ich sah auf den weißen Kittel der älteren Ärztin und bemerkte ein kleines Namensschild in Brusthöhe. Die Ärztin folgte meinem Blick und lachte.

»Stimmt, ich habe mich Ihnen noch nicht vorgestellt. Leroy ist mein Name.« Sie setzte sich zu mir ans Bett, gab mir eine Flasche Wasser, ein Glas und zwei Tabletten. »Nehmen Sie sie mit einem großen Schluck, dann lassen die Schmerzen nach. Können Sie sich an etwas erinnern?«, fragte sie genauer nach.

Ich blickte aus dem Fenster, es schien schon spät zu sein. Langsam richtete ich mich auf und überlegte angestrengt. Meine Scham wurde sofort erweckt, als ich dabei auf meine nackten Oberschenkel sah und bemerkte, dass ich keine Hose trug. Mir wurde warm, als ich meine zerrissene Jeans etwas weiter weg über einer Stuhllehne hängen sah.

»Keine Angst, meine Söhne tragen Ihre Kleidergröße. Sie haben für Sie bereits etwas zur Seite gelegt. Glauben Sie mir, ich habe als Ärztin schon viele Körper gesehen, das gehört zu meinem Job. Sie können die Hose dort und das Hemd, das Sie bereits tragen, behalten. Außerdem sind Sie ja gut in Form. Wissen Sie, wir hatten keine Wahl. Um eine Blutvergiftung zu verhindern, mussten wir dringend die Wunde an ihrer Wade versorgen«, verriet die Dame mit beruhigender Stimme. »An was können Sie sich erinnern? Fällt Ihnen etwas ein? Sind Sie Urlauber? Wenn Sie kein Französisch sprechen, stammen Sie anscheinend nicht von hier.«

Ich überlegte, während ich das Glas in meiner Hand füllte und es langsam leer trank, aber ich konnte mich bei bestem Willen an rein gar nichts erinnern. Stattdessen spürte ich jeden Schluck Wasser, der durch meine trockene Kehle hinunterlief und meinen grenzenlosen Durst seit Langem endlich löschte. »Nein, ich kann mich erinnern, dass ich an einem Strand wach wurde und mir bitterkalt war. Ich befürchte, man hat mich dort ausgeraubt.« Ich sah zu meinem Handgelenk. »Aber alles, was vorher passiert ist, kann ich Ihnen nicht sagen. Ich habe das Gefühl, mein Kopf explodiert, aber gleichzeitig ist er völlig leer. Mir fehlt jede Erinnerung!« Ich seufzte.

»Das ist schrecklich und tut mir sehr leid. Erinnern Sie sich denn an Ihren Vor- und Zunamen?«

Ich grübelte, doch dann musste ich vor der Ärztin zugeben: »Nein, den kenne ich leider auch nicht.«

»Ich denke ihr Vorname ist Henry, denn als wir Ihnen die Hose ausgezogen haben, fiel ein Taschentuch und ein aufgeweichter Brief aus ihrer Hosentasche. Der Name steht auf dem Tuch in einer Ecke. Er ist darauf gestickt worden. Es scheint auch ein teures Taschentuch zu sein, es ist ein guter Stoff. Beides liegt für Sie auf dem Tisch dort zum Trocknen. Ob Sie später mit dem Brief noch etwas anfangen können, weiß ich natürlich nicht. Eine Brieftasche oder Papiere trugen Sie nicht bei sich, das deckt sich mit Ihrer Annahme, beraubt worden zu sein. Sie können aber beruhigt sein, Sie sind bei mir auf alle Fälle erst einmal in guten Händen. Ich mache jetzt noch ein paar neurologische Tests mit Ihnen. Folgen Sie mit Ihren Augen meinem Finger.«

Ich beobachtete die Finger der Ärztin und dachte nach. War mein Vorname wirklich Henry? Ich konnte mich beim besten Willen nicht erinnern. Die ganze Zeit fragte ich mich, von wem der Brief stammte?

»In Ordnung, ich teste jetzt Ihre Pupillenreflexe, erschrecken Sie sich nicht.«

Mein Kopf hämmerte noch stärker, als die Ärztin eine kleine Lampe hervorholte und sie erst in mein rechtes, dann in mein linkes Auge leuchtete. Ich starrte gegen die schwach beleuchtete Decke, dabei stellte ich mir die dringendsten Fragen: Wer war ich, wo war ich und wo genau kam ich her?

Einige Zeit später diagnostizierte Frau Dr. Leroy mir eine Amnesie. Wunderbar – ich litt also zumindest vorläufig an einem Gedächtnisverlust.

Dr. Leroy erklärte mir, dass sie meinen ungewöhnlichen Fall bereits aufgenommen und gemeldet hatte. Vielleicht, so beruhigte sie mich gleich, würde sich alles schneller aufklären als gedacht. Die alte Dame sorgte dafür, dass ich erst einmal bei ihren Söhnen Pierre und Pascal unterkommen konnte, bis es einige Indizien gab, die meiner Vergangenheit auf die Sprünge halfen. Ich hatte es nicht eilig, denn ich hatte ein wenig Angst vor mir selbst. Bei den Leroys sprachen zum Glück alle gut Deutsch oder Englisch. Erst vor ein paar Jahren war die Familie Leroy aus Deutschland ausgewandert, um in Frankreich einen Neuanfang zu wagen. Dr. Leroy lernte ihren jetzigen Mann im Urlaub kennen und sie verliebten sich ineinander. Ihre zwei Söhne, so erfuhr ich ein wenig später, führten bereits seit einiger Zeit Herrn Leroys Familienunternehmen weiter fort. Es handelte sich dabei um eine ältere Tischlerei am Dorfende. Dr. Leroys Schwiegertochter Emma, Pierres Frau, bot mir gleich einen gemütlichen Schlafplatz in ihrem Atelier an und Französischunterricht, um mich in Zukunft auch mit den Ortsbewohnern besser verständigen zu können.

♥

Nun sitze ich hier, neben einer Staffelei und vor Emmas Schreibtisch, mit einem leeren Blatt Papier, das ich mit Gedankengut zu füllen vermag. Neue, alte Erinnerungen, egal! Ich weiß momentan weder wie lange ich an diesem Sandstrand gelegen hatte, noch wie es dazu kam. Ich kann schreiben und weiß, dass dies hier in meiner Hand ein Füller ist, aber trotzdem füllt sich mein Kopf nicht.

Ohne Papiere, ohne Geld, und ohne Vergangenheit, aber auf der Suche nach mir, meinem bisherigen Leben und der Chance, mich besser kennenzulernen, wohne ich in einem fremden Haus. Bunte und farbenfrohe Leinwände lehnen an der Wand. Stehe ich vor dem Hauseingang der Leroys, richtet sich mein Blick grundsätzlich auf den schönen Erker, der rechts am Haus wohl erst nachträglich an beiden Geschossen erbaut wurde, als sich die Familie vergrößerte. Das helle Haus wirkt einladend und freundlich. Linksseitig erkennt man weit weg beeindruckende Klippen und Steinfelsen, die ins Meer ragen. Ein paar Kilometer weiter Südwest findet man einige Apfelplantagen und einige Milchkühe auf der Weide. Die Umgebung ist ruhig, beständig und wunderschön, aber erfreuen kann ich mich an ihr nicht, denn in mir tobt Unsicherheit. Bin ich vielleicht ein Krimineller auf der Flucht? Oder doch nur ein Weltenbummler auf der Durchreise? Ich weiß es nicht. Die Furcht vor dem, was war, lähmt mich, besonders in der Nacht. Doch vielleicht wird mir die Zukunft eine schöne Vergangenheit schenken. Ich hoffe es sehr. Dies ist momentan mein größter Wunsch.

Agnes

Von unserem Apartment aus kann ich, wenn ich aus dem Fenster blicke, den Eiffelturm sehen. Seitdem wir in Frankreich nach Henry suchen, schaue ich ihn mir jeden Abend an. Paris ist schon immer die perfekte Kulisse, um die Liebe in den Herzen der Menschen neu zu entfachen. Doch ich fühle mich allein, hilflos, ich bin einsam, stecke voller Sehnsucht und Hoffnung. Ich denke, dass man den Charme dieser Stadt nur erleben und fühlen kann, wenn man bereit dafür ist, ihn erleben zu wollen. Heimat ist da, wo sich das Herz wohlfühlt und zu Hause ist. In den Armen eines Menschen, der dich liebt und der dir Geborgenheit schenkt. Paris ist immer auch ein Lebensgefühl. Jeden Abend, so wie jetzt gerade, denke ich an meine große Liebe …

Wie wir damals mit dem Bus für drei Tage zusammen nach Paris fuhren. Obwohl die Sitze unbequem waren, schlief ich in der Nacht tief und fest, geborgen in seinen Armen. In Paris mieteten wir uns einen Roller und heizten durch die Straßen von Montmartre, dem Künstlerviertel, das uns wahrlich inspirierte und beeindruckte. Henry gab ordentlich Gas.

Zum ersten Mal nach langer Zeit brach der kleine Junge in ihm endlich wieder durch. Das erweckte auch in mir das kleine Mädchen und ich schrie: »Wir sind so fürchterlich verrückt, Henry!«

»Genau, genau das ist es ja! Niemals will ich leben wie alle. Stupide, langweilig und einfallslos! Du?«, brüllte er zurück.

Ich lachte. »Natürlich nicht!«

Wir ließen den Roller zurück. Ab da erkundeten wir vergnügt Hand in Hand die kleinen Gassen. Arm in Arm schlenderten wir später über das alte Kopfsteinpflaster. Einst waren dort Picasso und Van Gogh zu Hause. Wir ließen uns von der Atmosphäre dieses Viertels verzaubern und besuchten die zahlreichen Maler, die ihre Werke hier erschufen und ausstellten. An diesem Wochenende genossen wir von der Basilika Sacré-Cœur den wundervollen Ausblick über die Stadt. Ganz Paris lag uns zu Füßen. Es war ein atemberaubendes Panorama. Bei Dämmerung standen wir im sanften Abendrot zum ersten Mal vor dem Eiffelturm. Er zog uns durch seine vielen Lichter wie ein Magnet in seinen Bann. Über 20.000 Lämpchen funkelten. Gleich ließen wir uns von der Romantik verführen. Wir machten es den anderen Menschen nach und küssten uns, setzten uns auf den Boden, beobachteten die strahlenden Gesichter der Leute. Henry umarmte mich.

Noch Stunden später flüsterte ich glücklich: »Ummantelt von der Stille der Nacht spüre ich ein Gefühl, das im Herzen erblüht, ein Verlangen, das nicht erlischt, sondern stetig aufglüht. Ich möchte mit dir nicht nur Paris, sondern die ganze Welt erobern.«

Henry legte seine Stirn gegen meine. Unsere Lippen berührten sich sanft.

»Ich werde dir in all unseren Abenteuern des Lebens zur Seite stehen. Dieser gewisse Augenblick, in dem unsere Herzen vor Jahren begannen, füreinander zu schlagen, ist mit Geld oder Gold nicht zu bezahlen.«

Ich legte meinen Kopf auf Henrys Schulter, schmiegte mich an ihn.

Gemeinsam dichteten wir: »Er bescherte uns schon damals Liebe und schenkt uns weiterhin Glück, er hinterlässt ein warmes Gefühl in unseren Herzen zurück.«

Henry nahm meine Hand, er streichelte sie, hielt mich ganz fest.

Eine winzige Träne läuft an meinem Gesicht hinab. Was war ich damals glücklich, ich steckte voller Kraft, voller Leben, Liebe und Träume. Was war es doch ein toller Tag. So lernte ich Paris kennen. Hupend und lachend auf einem Roller, glücklich in Henrys Armen. Und nun?

♥

Wir setzten die Suche fort. Tag für Tag. Hin und wieder machten wir kleinere Verschnaufpausen. Gestern richtete sich mein Blick nach erfolgloser Suche, etwas außerhalb der Menschenmassen, uneingeschränkt auf eine grüne Metallbank. Vielleicht, weil sie mich an eine Bank erinnerte, auf der Henry und ich in glücklichen Zeiten einmal in unserem Urlaub saßen. Sie lud mich auf alle Fälle in diesem besagten Augenblick direkt zum Verweilen ein. Die seltenen Verzierungen dieses Stückes, es waren gleichmäßig gewundene Schnörkel mit Spitzen, die mich sofort an damals, an eine stilisierte Lilie erinnerte, beeindruckte mich erneut sehr. Die Bank stand vor einer ausgefallenen Modeboutique. Wir setzten uns. George reichte mir eines der guten Buttercroissants, die wir kurz vorher mit einer Flasche Orangensaft als Überlebensproviant bei einem Bäcker gekauft hatten. Ich nahm es und sah mich um. Jede Menge Autos hielten kurz vor einer Ampel, die nur zwei Meter weiter weg von uns leuchtete, dann fuhren sie weiter. Die Fahrzeuge bremsten und beschleunigten. Es war ein Spiel mit dem Gas und der Kupplung. Doch warum konnte man nicht auch sein Leben so gezielt steuern? Ich dachte nach. Mal gab es ein gigantisches Hoch, doch kaum konnte ich es fassen, traf mich ganz unerwartet ein eiskaltes Tief. Mir war klar, wenn ich wüsste, was ich tun müsste, um die Zeit zurückdrehen zu können, um Henry und mich vor allem zu bewahren und ich somit unser Leben wieder lebenswert machen könnte, ich würde alles tun. Wenn ich von Gott, dem Universum diese Chance bekommen würde, dann würde aus mir eine Heldin werden. Ich würde Bäume ausreißen, ich würde Berge versetzen und meine Hände ins Feuer legen oder über glühend heiße Kohlen laufen. Universum schenke mir Kraft, um es zu begreifen, um es zu verstehen. Ich möchte stärker sein als Herkules, tapferer als ein Held. Ich sah zu George, der nachdenklich neben mir in die Ferne starrte. Wortlos blieben wir sitzen.

Ein großer schwarzer Geländewagen hielt vor uns an. Ich sah in das Auto.

Der Wagen sah genauso aus wie das Leihauto, das Henry mal hatte. Wir waren damit über hügelige Sand- und Feldwege gefahren. Der Staub war um uns aufgewirbelt …

Damals schrie ich vergnügt und voller Freude. Das Auto ruckelte wie verrückt.

»Halt dich gut fest, Liebes!«, befahl Henry mir.

Wir sahen den Staub, der durch die Luft wirbelte und lachten.

»Yeah, mein Traummann! Gemeinsam befahren wir die Welt!«

Henry hielt das Lenkrad fest in Händen. Fröhlich blickte ich in seine strahlenden Augen. »Mit dir reise ich überall hin«, rief er glücklich.

Das Auto wackelte in alle Richtungen und mir wurde etwas mulmig. Als wir endlich wieder auf einer Straße waren, öffnete ich das Schiebedach und schnallte mich ab. Ich stellte mich auf den Beifahrersitz und streckte meinen

Oberkörper hinaus. Glücklich hielt ich meine Hände in den Himmel und schrie: »Henry! Gib Gas, wir Leben nur einmal!« Ich spürte den Fahrtwind und hörte dem lauten Motor zu.

Dann blieb Henry am Straßenrand stehen. Behutsam legte er seine Hände auf meine Hüften, zog mich zurück zu sich ins Auto und gab mir einen hingebungsvollen Kuss. Verführerisch spielten unsere Zungen miteinander. Manchmal streiften sich selbst unsere Zähne. Dies waren Momente, die mich immer zum Lachen brachten. Das waren wir. Nur wir.

»Hast du dich verletzt?«

»Nein!« Ich lächelte. »Wir dürfen nicht immer so stürmisch sein.«

»Das stimmt!« Henry strahlte mich an.

Ich versuchte, meine Gedanken zu verdrängen, um nicht völlig zu verzweifeln, doch sie schafften sich in jeder freien Minute Raum. Es war wie verhext. Schließlich standen wir auf und liefen zurück in unser Apartment.

♥

Unser letzter Tag in Frankreich ging zu Ende. Alle Chancen, Henry zu finden, versiegten demnach schlagartig in diesem Moment, wenn man ein Kopfmensch gewesen wäre und alles realistisch betrachtet hätte. Ich jedoch war schon immer ein absoluter Herzmensch mit einem riesigen Kampfgeist und einem außergewöhnlichen Dickkopf, dadurch blendete ich alle Geschehnisse aus. Stattdessen befeuerte ich mein Herz lieber weiterhin mit jeder Menge Hoffnung auf ein baldiges Wiedersehen und der Gewissheit, dass nichts Zufall war.

Ich dachte an die kleine Feder und sah ein letztes Mal in unserem Apartment aus dem Fenster. Ich schickte Henry seinen Luftkuss in den Himmel, schob den transparenten Vorhang dabei ein wenig zur Seite und hinterließ ein wenig Liebe. Ich hauchte gegen die Fensterscheibe und malte mit meinem Zeigefinger ein Herz auf die Scheibe, darunter zwei Strichmännchen, einen Mann und eine Frau, die sich an den Händen hielten. Ich fragte mich, wie viel Energie und Magie es wohl wirklich brauchte, um etwas in diesem Universum in die richtige Richtung zu lenken. Ich zog den Vorhang zu und packte meinen Koffer. Einen Bilderrahmen mit einem Foto von Henry und mir, den ich aus Deutschland mitgenommen hatte, holte ich von meinem Nachtschränkchen, ich steckte ihn in einen dicken, bereits gefalteten Pullover im Koffer, dann legte ich Henrys Teddy dazu. Ich schloss den Reißverschluss. Schließlich gab es keinen Ort mehr auf unserer Landkarte, den ich nicht vor Frau Martins Augen im Polizeirevier gekennzeichnet hatte und den George und ich nicht in den letzten Tagen besucht hatten. Meine freien Tage waren zu Ende und auch George hatte in Deutschland wichtige geschäftliche Termine, die er nicht noch weiter verschieben konnte. Wir mussten also zurück nach Deutschland. Ob wir wollten oder nicht, es gab kein Entrinnen.

George begleitete mich nach Hause, dann fuhr auch er nach langem mal wieder zu seinem Anwesen. Gerade erst angekommen, stattete ich direkt einer Wahrsagerin einen Besuch ab. Ich wollte Klarheit und brauchte eine sichere Bestätigung für mein Herz.

Mit einem mulmigen Gefühl näherte ich mich einem bunten Wohnwagen am Waldrand. Er stand nur ein paar Kilometer von uns entfernt. Als ich davor stehen blieb, bemerkte ich, dass die großen Reifen des bulligen Automobils mittlerweile ein wenig im Waldboden versanken. Höchstwahrscheinlich, weil er schon seit Längerem nicht mehr fortbewegt wurde. Im Wohnwagen brannte gedämmtes Licht und ein nicht alltäglicher unverwechselbarer Duft zog durch eine offene Dachluke in meine Nase. Er ähnelte dem Geruch von Patschuli, auf alle Fälle einer geheimnisvollen Mixtur aus Kräuterblättern. Ich machte einen letzten großen Schritt und stand direkt vor der Tür. Goldene verschnörkelte Buchstaben klebten darauf: »Schicksalsdeutung«. Eine Liste mit Preisen hing etwas versteckt neben dem Eingang. Handlesen, Tarot-Karten-Lesung, Wasser- und Kristallkugelbefragung, Pendel-Orakel, Traumdeutung.

Als ich die Tür öffnete, stand eine alte Frau im Durchgang. Sie streckte ihre Hand aus, so, als wollte sie mich direkt in ihren Bann ziehen. Sie trug ein langes Gewand mit einer Kapuze, überall behangen mit Goldschmuck. Verschieden große goldene Creolen steckten in ihren Ohrläppchen.

»Kommen Sie herein und ich werde in Ihre Zukunft schauen und Ihr Schicksal lesen«, sagte sie zu mir.

Der Geruch von Räucherstäbchen füllte jetzt die Luft. An den Fenstern hingen Spitzenvorhänge. Überall an den Wänden klebten die verschiedensten Symbole oder Schriften aus glänzender Goldfolie. Auf dem Tisch mit einem orientalischen Läufer stand eine Glaskugel. Ein riesiger Stapel mit Tarot-Karten lag in einer verschnörkelten Holzschale. Verschiedene Pendel hingen von der Decke. Im hinteren Bereich des Wohnwagens waren einige Kerzen aufgestellt und flackerten mysteriös, darüber waren Bilder aus der Astrologie und Horoskope zu sehen.

Ich nahm auf dem weich gepolsterten Stuhl Platz, legte ihr Geld bereit. Fragend starrte ich auf die vielen Krähenfüße unter den Augen der mysteriösen Dame. Die Wahrsagerin schob mein Geld zur Seite und streckte ihre mit Goldringen übersäten Finger nach mir aus. Langsam drehte sie meine linke Hand und strich über meine Handinnenfläche. Dann tat sie das Gleiche mit meiner rechten. Sie schloss ihre Augen für einen Moment, summte. Genauestens studierte sie beide Hände, folgte schweigend den einzelnen Linien in meiner Hand. Erst auf der rechten, danach betrachtete sie ausgiebig die linke Seite.

»Möchten Sie etwas Bestimmtes wissen?«, fragte sie.

»Ja, Henry, meine große Liebe. Er ist bei einem Unglück verschwunden. Lebt er noch? Was können Sie sehen?« Ich musterte die geheimnisvolle Seherin.

Sie schloss ihre Augen wieder in einer Art Trance. »Ich sehe Wasser und Sand. Ich sehe Ihre tiefe Verbundenheit zu diesem Mann. Es ist eine starke, liebevolle und tiefe Seelenverbindung, die sich schon in mehreren Leben kreuzte. Ich sehe Ihre Körper weit voneinander entfernt, aber die Liebe in Ihren Herzen, sie glüht und ist noch immer da. Sie sind jung und für eine lange Reise angetreten, um zu lernen. Ich spüre Ihre eigene Feinfühligkeit, Dinge zu sehen. Sie haben das Talent, uns Sehern zu folgen, aber Sie müssen es begreifen, es sehen und stets Ihrer Intuition folgen.«

Mir wurde mulmig zumute. Mein Herz schlug schneller. »Also werde ich ihn wiedersehen?«, fragte ich vorsichtig.

Die Seherin riss die Augen auf. Das war beängstigend. Sie schwieg, dann erst blinzelte sie angestrengt. »Ihre Zukunft ist verschleiert. Ich sehe keine klare Ordnung. Glauben Sie nicht immer an die Dinge, die Sie hören, oder an Ihren Verstand. Achten Sie auf Ihr Herz, es zeigt Ihnen den richtigen Weg. Lernen Sie, auf Ihre innere Stimme zu hören. Ich spüre eine kraftvolle Macht, die Sie umgibt. Menschen wie Ihnen werden schwierige Aufgaben erteilt, um daran zu wachsen. Sie und auch Ihre Seelenverbindung sind sehr starke Persönlichkeiten. Alles ist vorbestimmt. Sie werden alt zusammen werden und Leben erschaffen. Wissen Sie, vor Jahren lernte ich, als Medium zu arbeiten. Ich spüre die Anwesenheit von Engeln in Ihrem Leben. Sie werden täglich von Engeln begleitet. Doch das alles ist viel zu komplex und ich bräuchte mehr Zeit, um Ihnen genauere Auskünfte zu geben. Möchten Sie mehr wissen?«, krächzte sie.

Ich betrachtete die geöffnete Hand der alten Dame. »Nein, jetzt weiß ich, dass er noch lebt, das reicht mir. Danke!«

Die Wahrsagerin nickte. »Dann ist Ihre Zeit jetzt um.«

Sie schloss ihre Augen, blieb summend auf ihrem Platz sitzen und ich verließ diesen mysteriösen Ort, aber zum Glück mit einer positiven Rückmeldung. Ich hatte also recht, Henry war nicht Tod. Die Frage war nur, was war passiert und wo war er? Wie war es uns möglich, ihn zu finden?

Svea

Ich schaute in das flackernde Feuer im Kamin, das vermutlich nur halb so stark aufloderte wie die Flammen in Agnes' und Henrys Herzen. Die Vorstellung, das Henry überlebt hatte und irgendwo in der Ferne angespült worden war, berührte selbst mich als außenstehende Person zutiefst. Ich fragte mich, wie Agnes die schwere Zeit nur ausgehalten hatte? Ich wäre innerlich zerbrochen vor lauter Kummer. Wie stark waren diese zwei Persönlichkeiten? Die Situation war für mich unvorstellbar. Ich blätterte weiter und tauchte unverzüglich zurück in das Leben von Agnes und Henry Reith.

♥

Ein Funke voller Liebe berührt zutiefst ein Herz. Er umhüllt uns, wärmt es und stillt seinen Schmerz. Ein magisches Feuer zündet in kürzester Zeit, es verschleiert die einst mächtige Vergangenheit. Das Feuer der Liebe trägt uns und wiegt Herzen mit Bedacht, es schenkt uns die Kraft und den Glauben, dass man zusammen alles schafft.

♥

Henry

Ich lernte bereits, kurz nachdem ich bei den Leroys eingezogen war, Französisch bei Emma, und ihr Mann Pierre bot mir vor Tagen an, tagsüber in seiner Tischlerei auszuhelfen.

Pierre hatte, seitdem ich ihn kannte, stets viele Aufträge und konnte zu seinem Bruder jede Hilfe gebrauchen. Ich willigte sofort ein. Erstens war ich so abgelenkt und nicht nur ständig am Grübeln über meine Vergangenheit und zweitens konnte ich durch meine Unterstützung mein Gewissen zumindest etwas beruhigen und wurde nicht nur von der Familie Leroy ausgehalten.

Pierre und Pascal lehrten mich nach und nach ein wenig das Tischlerhandwerk. Am Anfang war ich mir gleich sicher, in meiner Vergangenheit hatte ich noch nie mit einem Hobel gearbeitet. Ich war ziemlich unbeholfen, doch ich war schon immer sehr Willensstark und wusste: Übung macht letztlich den Meister. Also blieb ich dran, obwohl ich hin und wieder alles hinschmeißen hätte können. In meinen Augen sahen meine ersten Arbeiten fürchterlich aus. Emma, Pierre und Pascal sahen es zwar anders, doch ich dachte zu dem

Zeitpunkt, ich hätte zwei linke Hände. Aber nach täglichen Wiederholungen wurde ich besser und besser. Pierre und Pascal mussten nach einigen Wochen meine Arbeiten kaum noch korrigieren. Natürlich durfte ich nur kleine Arbeiten verrichten, aber diese machte ich mit absoluter Sorgfalt und Präzision. Manchmal gaben mir die zwei wirklich knifflige Aufgaben, aber dank ihrem Know-how und ihren Tricks löste ich die Arbeiten mit Bravour. Pierre führte mich täglich weiter in die Materie ein. Gesägt wurde also immer mit gleichmäßigen Schnitten und wenig Druck und die Nägel wurden in Hirnholz tatsächlich nur schräg versenkt.

♥

Nach getaner Arbeit in der Tischlerei machte ich mich fast jeden Tag in den letzten Wochen zu Fuß auf den Weg zu Pierre und Emma. Am Abend zog ich mich oft frühzeitig zurück, um sie nicht ständig zu stören.

Wenn ich dann in Emmas Atelier allein vor ihrem Schreibtisch saß, fühlte es sich manchmal an, als wäre ich zu Hause. Es fühlte sich vertraut an, dabei hatte ich keine Ahnung, weshalb. Wenn ich abends aus dem Fenster sah, schaute ich dabei direkt auf das ruhige Meer und zu den Sternen. Die Wellen strömten gemächlich über den Sand auf das Haus zu, dabei wurde mir hin und wieder flau in der Magengegend. Warum, wusste ich nicht. In der Nacht wurde ich oft wach, dann hörte ich das Meer kräftig rauschen, alles war dunkel. Manchmal wachte ich schweißnass auf. Hin und wieder sah ich in meinen Träumen verschwommen ein Gesicht, ein hübsches Gesicht einer schönen Frau. Sie gab mir stets ein wohlig warmes Gefühl. Ich wollte in meinen Träumen nach ihr greifen, sie festhalten, aber es gelang mir nicht. Ob sie etwas mit dem Brief zu tun hatte?

♥

Vor Tagen hatte ich mich zum ersten Mal an ein eigenes Bild gewagt, um vielleicht den roten Faden, der sich durch mein bisheriges Leben zog, zu finden. Emma gab mir kurz vorher alles, was ich brauchte, und ließ mich allein. Aber es fiel mir schwer, meine Gedanken zu lenken, sie zu steuern. Wieder und wieder zerknüllte ich einen Entwurf, sie waren alle grauenvoll und ich anscheinend, so wurde mir schnell klar, auch kein Künstler. Ich warf jede Menge Papier in den bereits überfüllten Mülleimer und nahm ein neues Blatt zur Hand. Mit meinem Zeigefinger drückte ich nachdenklich gegen die Spitze meines Bleistifts. Er hinterließ auf meinem Finger einen kleinen Punkt. Ich betrachtete den Punkt lange, dann konzentrierte ich mich noch stärker auf dieses Gesicht in meinem Kopf.

Das neue Blatt füllte sich ganz plötzlich in Windeseile wie von selbst. Der Bleistift lag leicht in meiner Hand, ich zeichnete ununterbrochen Linien, ein paar Kreise, um die Augen gut darstellen zu können, und grobe Schattierungen auf das dünne Papier. Zufrieden musterte ich zur später Stunde mein erstes fertiges Portrait. Die geheimnisvolle Frau war zwar nicht genau zu erkennen, aber sie war ein Anfang, ein kleiner Lichtblick in meinem Leben und anscheinend ein wichtiger Hinweis meiner verschleierten Vergangenheit.

Emma sah sich das Bild an. Sie war erstaunt, nickte und strahlte, dann schenkte sie mir eine ihrer braunen Ledermappen, in der ich ab jetzt alles sammeln konnte.

Meine Hoffnung ist, mein altes Leben wie ein Puzzle irgendwann neu zusammen setzen zu können, um endlich wieder nach Hause zu finden. In die Arme eines Menschen, in denen ich mich geborgen fühle.

Agnes

Noch immer recherchiere ich täglich mit George, in der Hoffnung, mit einem Mal doch noch eine Spur von Henry zu finden. Selbst Mortimer bleibt von uns nicht verschont ...

Ich hatte es mir zur Gewohnheit gemacht, ständig mit einigen Franzosen, die ich während der Suche glücklicherweise kennenlernen durfte, in Kontakt zu bleiben, um Neuigkeiten zu erfahren. Diejenigen, die nur Französisch sprachen, verwies ich an George. So teilten wir uns auf. Wir schlugen uns die Tage, manchmal auch die Nächte um die Ohren.

Zur Ablenkung schlug mir George vor, wieder einmal wie früher in der Tanzschule seiner Schwester vorbeizusehen. Heute machte ich mich also endlich auf den Weg. Inmitten alter kleiner Häuser fiel dieses Objekt sofort auf. Neumodisch restauriert, bunt und schrill, stach mir die Tanzschule sogar in der Dunkelheit ins Auge.

Ich öffnete die Glastür mit einem Schlüssel, den ich von George bekommen hatte. Neugierig betrat ich die Räume und entdeckte fünf Säle. Die alte Architektur mischte sich gekonnt mit einer modernen und gehobenen Ausstattung. Bilder durchzogen die Räume des Studios.

Es war spät, ich ganz allein. Ich lauschte der Stille in einem Saal und setzte dann die Musikanlage in Gang. Mercy Mercy Me von Marvin Gaye strömte aus den Boxen. Ich zog meine Schuhe aus und betrat den verspiegelten Raum. Ich lauschte der Musik und träumte. Magisch bewegte ich mich zum Rhythmus.

Zum ersten Mal fiel mir auf, wie sehr ich es vermisst hatte. Emotionen und Gefühle sprudelten aus mir hinaus. Klassisch, wie früher, hielt ich die Balance. Langsam bewegte ich meine Arme durch die Luft. Immer wieder spürte ich eine unersättliche Energie, die durch meinen Körper floss. Sie wollte raus, sich zeigen. Jeden Schmerz, jeden Kummer, jeden einzelnen Tropfen von Liebe, den ich in mir trug, tanzte ich mir von der Seele. Ich drehte mich durch den verspiegelten Raum. Wie eine Prinzessin auf einem Ball. Die tief sitzende Qual verschwand. Wie eine Feder flog, so tanzte ich durch den Saal. Federleicht fühlte ich mich.

Ich schloss meine Augen und dachte dabei an Henry. Die Bilder entstanden in dem Augenblick, als die Musik mich berührte.

Kleine Blumen zauberten in meinem Kopf eine riesige grüne saftige Blumenwiese. Ein Schmetterling flog durch die Luft, bunt und schön bewegte er seine Flügel. Ich blickte in

Henrys Augen. Zufrieden kuschelte ich mich in seine Arme.

Ich holte tief Luft. Immer schwungvoller und leidenschaftlicher tanzte ich über den Holzboden. Wieder sah ich Henry vor mir, er lag mit freiem Oberkörper und Jeans im Gras. Ich setzte mich zu ihm und öffnete meine Hände. Hunderte kleine weiße Federn lagen darin. Ich pustete alle in die Luft. Sie schwebten hinab auf Henry. Eingedeckt mit Federn lag er da. Eine große Feder flog durch den Himmel auf uns zu und landete still auf meiner Hand. Sanft streichelte ich damit seine Haut. Mit Leichtigkeit zog ich die große Vogelfeder über seine Nase und über sein markantes Kinn. Ich küsste ihn. Wie so oft war es nur ein Hauch, der unsere Lippen berührte, aber dieser Kuss gab mir ein Gefühl des Schwebens wie eine Feder in der Luft, wie ein Flugzeug im Himmel, wie eine Tänzerin über das Parkett.

Während meine Sehnsucht zum ersten Mal wieder grenzenlos wurde, hörte ich Stimmen von Leuten, die die Tanzschule betraten. Ich blieb stehen und schaute in die riesige Spiegelwand. Ich verließ traurig und aufgewühlt den Raum. Alles mit Henry war zu schön, um es nicht in meiner Fantasie zu sehen, um es nicht zu fühlen, um es nicht wieder in mein Leben zu lassen. Ich durfte verdammt noch einmal nichts unversucht lassen.

♥

Gestern Abend fand ich kaum Schlaf. Immerzu kreisten meine Gedanken. Es war fatal. Schließlich musste ich doch eingenickt sein, denn ich wachte aus einem merkwürdigen Traum auf:

Überall starrte ich auf bunte Farben wie ein Regenbogen. Lichter, die vom Boden in den Himmel leuchteten. Ich träumte von einem lichtdurchfluteten, glamourösen Glaspalast. Über dem gewaltigen Torbogen strahlte mir ein Schild mit der Aufschrift »Spielcasino des Lebens« entgegen.

Ich sah an mir hinab und bemerkte, dass ich ein modernes silberfarbiges Paillettenkleid mit hochhackigen Riemchensandalen trug. Ich hielt eine silberne Tasche, die ich mit einer Schlaufe um mein Handgelenk befestigt hatte. Eine fremde Frau kam mir mit einem großen Spiegel entgegen. Im Vorbeigehen blickte ich hinein und sah eine elegante Hochsteckfrisur. Einzelne Strähnen waren nach oben gezwirbelt, mit kleinen Spangen befestigt. Ich berührte meinen Kopf, mein Gesicht und ertastete die langen Ohrringe, die funkelnd von allen bewundert wurden. Viele, viele Diamanten an Ohr und Hals und in Form eines Armreifens gaben dem gesamten Bild eine verführerische Note.

Ich stieg die lange Treppe empor. Dort standen zwei Männer im Anzug, die mir die Türen öffneten. Ich ging weiter durch eine große Halle mit einarmigen Banditen und Slot Machines, begleitet von vielen neidvollen Blicken. Im Vorbeigehen betrachtete ich die Menschen, die auf die Walzen starrten. Wie engstirnig sie dort saßen, mit der Überzeugung, sie würden ihr Leben steuern, genauso wie den einarmigen Banditen, und das, obwohl sie wussten, wie unrealistisch dies doch war. Sie sahen nicht, dass alle anderen sie fest im Griff hatten, nur sie sich selbst nicht.

Hinter einer Glastür ging es weiter zu den Blackjack-Tischen. Ich beobachtete die Menschen, die jubelnd in die Luft sprangen. Andere hingegen fluchten vor Ärger und warfen die Karten auf den Tisch. Sie beschwerten sich, warum der Croupier ihnen so schlechte Karten ausgeteilt hätte. Manche Menschen schienen sehr verzweifelt zu sein, weil sie alles verloren hatten. Es war seltsam, real, aber auch nicht real.

Ganz unerwartet bemerkte ich unter einem der Blackjack-Tische ein Mädchen mit blonden langen Haaren und stahlblauen Augen. Es trug ein weißes Kleid mit rosa Blüten. Es hielt einen Jeton zwischen den Fingern. Dann krabbelte es unter dem Tisch hervor, ohne dass die anderen Menschen es bemerkten.

»Hier für dich! Das ist dein Jeton. Der Jeton des Lebens, ich habe ihn für dich extra aufgehoben. Ein Jeton hat zwei Seiten, wie alles im Leben. Die eine Seite steht für dein Herz, die andere für deinen Verstand, der dir oftmals trügerische Sicherheit schenkt. Du musst dich weiterhin entscheiden, wem du folgst. Es geht um dein Leben. Verschwende es nicht. Wähle genau und vergeude keine Zeit. Sie kehrt nicht zurück!«

Ich öffnete meine Hand, das Mädchen legte den Jeton hinein und rannte fort. Ich schaute ihm nach, dann auf den Jeton.

Ich wachte auf und spürte mein Herz. Ich wusste sofort, welcher Weg für mich der richtige war. Ich dachte zurück an den Tag, als Henry und ich noch glücklich mit Darcy und Avalon im Galopp über Wiesen und Felder geritten waren. Den Geruch des Sattelleders, der mir damals in die Nase zog, vergaß ich nie. Ich galoppierte eilig mit Darcy über den Rasen und folgte Henry. Wir veranstalteten ein kleines Rennen, das Henry gewann.

»Mein Schatz, was sagst du jetzt«, rief er und lachte.

Ich zügelte Darcy und sie trabte gemächlich über die Wiese. Die Sonne schien vom Himmel. Henry hielt mit Avalon vor mir an. Seine Locken sahen zauselig aus, als hätten wir einen stürmischen Akt der Begierde hinter uns. Henry schaute mich an und strahlte. Er saß auf seinem Pferd wie ein König. Erhaben über alles und wahrlich stolz.

Geschickt half er mir, als ich Tollpatsch mich beim Absteigen mit einem meiner Stiefel im Steigbügel verhakte. Er eilte sofort zu mir und friemelte an dem Metall, dass ich meinen

Stiefel aus den Fängen des Steigbügels befreien konnte. Ich fiel direkt in die Arme meines Retters. Er hielt mich fest.

Damals ließ ich mich schon vom Fluss des Lebens führen. Er lenkte mich direkt in Henrys Arme und ich wusste, er würde es wieder tun …

Henry

Die Tischlerei war bereits geschlossen, als es an der Tür klopfte. Ich war gerade dabei, die letzten Späne in einen Eimer zu fegen, um sie am nächsten Tag zu entsorgen.

»Henry machst du noch einmal auf, hier ist Pascal! Ich will nur etwas abholen. Ein Geburtstagsgeschenk!«

Ich öffnete die Tür und Pascal betrat die Tischlerei. Er war gut gelaunt und lief gleich auf Pierre zu. Er holte etwas aus einer Schublade. Bei genauerem Hinsehen erkannte ich ein rundes hölzernes Kästchen in seiner Hand. Plötzlich steckte ich zum ersten Mal am Tage in einer alten Erinnerung fest, mein Herz schlug schnell.

Eine hölzerne Rose, die verstaubt auf einer weißen Spiegelkommode lag, stieg mir zu Kopf. Dann lief ich plötzlich durch eine Fußgängerzone …

Ich lief und lief, klapperte die verschiedensten Geschäfte ab, bis ich in einem winzigen Laden diese handgearbeiteten Spieluhren sah. Mir war direkt klar: Das war die Verpackung, die ich wochenlang gesucht hatte. Meine Rettung, eine hölzerne Rose, eine Schmuckschatulle, die Musik machte, wenn man sie öffnete. Meine Wünsche hielt der Verkäufer auf Papier fest. Die Melodie der hölzernen Schatulle suchte ich sorgfältig aus, denn sie musste für einen Heiratsantrag passend sein. Es musste ein Stück sein, das meine Gefühle ausdrücken konnte, und so entschied ich mich für »Eine kleine Nachtmusik« von Wolfgang Amadeus Mozart.

Als ich die Rose abholen wollte, steckte ich im Stau – und das, wo ich doch so nervös war. Mit quietschenden Reifen hielt ich kurz in einer Ladezone an. Ich stieg aus und holte einen glänzenden Ring aus der Innentasche meiner Lederjacke. Ich steckte ihn aufgeregt zurück, damit er mir nicht verloren ging, und betrat den kleinen Holzladen. Ich bezahlte die Schmuckschatulle und legte den Ring hinein …

Plötzlich spürte ich eine kräftige Hand auf meine Schulter klopfen.

»Alles okay, Henry, du wirkst so abwesend?«, fragte Pierre.

Meine Erinnerung löste sich in Luft auf. »Ich bin verheiratet oder ich w-wollte heiraten! Ich habe eine Schatulle gekauft, ähnlich wie die von dir. Ich habe sie gerade zum ersten Mal vor mir gesehen. Eine hölzerne Rose, goldfarben lackiert. Sie macht Musik. Eine Spieluhr? Es war so echt, so real!«, erklärte ich verdutzt, aber auch überglücklich.

»Du hast dich endlich an etwas erinnern können? Das ist doch großartig und ein Anfang!« Auch Pascal strahlte.

»Aber Schmuckschatullen oder Spieluhren gibt es wie Sand am Meer!«

»Vielleicht ist sie trotzdem ein Anhaltspunkt. Morgen ist ein neuer Tag. Du kannst dich in den nächsten Wochen schlaumachen. In meiner Schublade habe ich eine Liste von wichtigen Holzhändlern und Verkäufern aus Frankreich. Vielleicht können sie dir weitere Informationen geben und dir somit weiterhelfen. Ich gehe aber davon aus, weil du ja kein Franzose bist und unsere Sprache nur brüchig sprichst, dass die hölzerne Rose eher aus Deutschland stammt. Vielleicht kannst du mit Emma nach und nach alle Händler abtelefonieren, dann weißt du mehr. Solltet ihr nicht fündig werden, macht euch in Deutschland schlau. Noch etwas, das Geld für die Telefonrechnung brauche ich irgendwann zurück. Du weißt, wir wollen die Tischlerei endlich renovieren«, feixte Pierre.

Ich nickte wortlos und schluckte, als er mir seine Liste umgehend holte und sie mir mit einem breiten Grinsen überreichte.

Das Erlebnis musste ich erst einmal verarbeiten. Plötzlich fehlte mir erneut der Mut. Alles war so fremd und beängstigend. Ich konnte die Erinnerung noch nicht fassen. Ich war völlig überfordert, aber auch irgendwie glücklich, ein winziges und schönes Puzzleteil aus meinem Leben war soeben ganz überraschend zurückgekehrt.

Gemeinsam verließen wir die Tischlerei und liefen zu Emma. Beim Eintreten ins Haus, stieg mir schon der Geruch des duftenden Bratens in meine Nase. Emma kam mit einer Schürze und einem Trockentuch aus der Küche auf uns zu. Sie trocknete sich die Hände an ihm ab und legte es zur Seite. Pierre gab ihr einen Kuss und erzählte gleich von dieser freudigen Botschaft. Ich stand wortlos neben ihm, als er entschlossen eine Streichholzschachtel vom Kaminsims nahm. Er holte das letzte Streichholz, das schief in dem Pappschächtelchen klemmte, heraus. Er riss es an und warf es zwischen das Holz im Kamin. Rauch zeigte sich. Das Holz begann zu glühen und verbrannte kurze Zeit später ganz langsam vor meinen Augen. Ein paar winzige Funken flogen mir entgegen und landeten auf den Bodenfliesen. Ich ging ein paar Schritte zurück, als neue Erinnerungen machtvoll auf mich einstürzten.

Mal sah ich mich vor einem Lagerfeuer sitzen. Auf Stöcken brutzelten Würstchen in den Flammen. Jede Menge fremde Kinder hielten sie über das Feuer und die verbrannte Kohle. Plötzlich stand ich am Grill, die Zange in der Hand und bereit, die Würstchen vom Rost zu nehmen. Eine Horde hungriger Mäuler mit kleinen Tellern wartete bereits in Reih und Glied und grinste mich hungrig an.

Ich wärmte mich am knisternden Kamin auf und starrte lange in die Flammen, während sich Pierre, Pascal und Emma angeregt unterhielten. Ich biss meine Zähne aufeinander und holte tief Luft. Ich fragte mich, was ich wohl für eine Verbindung zu den vielen Kindern gehabt haben musste? Hatte ich womöglich mit Kindern oder ehrenamtlich gearbeitet? Es konnten auf alle Fälle nicht alles meine sein, dafür war ich einfach zu jung und ihr Altersunterschied zu gering. Ich grübelte lange, doch es fiel mir nicht ein.

Wir begaben uns an den Tisch, doch nach dem Abendessen zog ich mich wie so oft nachdenklich zurück.

Ich ging ins Atelier, schaute aus dem Fenster zu den Sternen auf und fragte mich, ob ein Mann, der Angst hat oder der Gefühle zu Papier bringt, eine Seltenheit auf dieser Erde ist. Ist man dadurch ein Weichei? Konnte sein, vielleicht aber auch nicht. Das war ein Thema, mit dem ich mich vor Kurzem wahrscheinlich niemals beschäftigt hätte. Vor ein paar Wochen hatte ich mit Sicherheit nicht einmal darüber nachgedacht, dass ich mal hier saß und Gedanken, Emotionen oder Erlebnisse aufschrieb, um mein Leben wieder zu ordnen oder um einfach nur einen Sinn zu erkennen. Unvorstellbar!

♥

Ich habe mittlerweile gelernt,
dass sich ein Leben auf einmal
umkrempeln kann.
Von Knall auf Fall steckst du mittendrin.
Dich fragt niemand, ob du es willst,
es passiert.
Es ist deine Bestimmung
oder sagen wir mal – dein Schicksal.

♥

Ich setzte mich an diesem Abend wieder einmal hoffnungslos vor ein leeres Blatt und fragte mich, warum es keine Antworten auf meine vielen Fragen gab und mich niemand suchte. In den ersten Wochen bei den Leroys war ich noch guter Dinge und hatte gehofft, dass mir Dr. Leroy, Tage später, durch Kommissar Dubois, das Geheimnis meiner Herkunft schnell offenbaren könnte. Er war ein enger Freund ihres Mannes und in einem großen Revier tätig. Durch seine vielen Kontakte war er stets über alles, was Intern dort bei den Behörden passierte, bestens und sehr früh informiert. Er, so erzählte man mir, kannte Gott und die Welt. Kommissar Dubois hatte Frau Dr. Leroy, als er von meiner tragischen Geschichte erfuhr, versprochen, zusätzlich zu helfen. Bei neuen Hinweisen, die im Revier eintrafen, wollte er sich umgehend melden. Leider wartete ich noch immer. Es schien keine Spur zu geben und meine Fragen blieben von daher, Woche auf Woche bedauerlicherweise unbeantwortet. Ich schloss meine Augen, fühlte tief in mich hinein und versuchte, abzuschalten. Ich ließ den Stift erneut über das Papier gleiten. Ein Stück meiner Vergangenheit tauchte auf.

Dieses Mal war ich noch sehr jung und schrieb zum ersten Mal in meinem Leben ein Liebesgedicht. Ich spürte, wie verliebt ich war und wie aufgeregt, als ich ihr den Zettel kurze Zeit später in ihre Jackentasche steckte. Ich erinnerte mich, dass ich dachte, sie würde mich auslachen, stattdessen beeindruckte ich sie mit meinem Gedicht. Wir waren jung, unerfahren … Ich konnte mich plötzlich wieder an einzelne Wörter erinnern, die ich damals auf diesen Zettel geschrieben hatte. Als sie es gelesen hatte, nahm ich ihre Hand, dann gaben wir uns einen intensiven Kuss.

Der Gedanke löste sich auf, doch mein Herz fühlte diesen liebevollen Kuss wie damals. Und mein Herz füllte sich mit reiner Liebe. Sie strömte kraftvoll wie ein Lauffeuer durch meinen Körper und überwältigte mich. Ich wusste nicht wie mir in diesem Augenblick zum ersten Mal seit Langem geschah. Dieses mächtige Gefühl überrumpelte mich völlig unerwartet, aber es war unbeschreiblich schön und kraftvoll. Wie konnte ich es völlig vergessen haben?

Wie konnte ich dieses großartige Mädchen, diese wunderschöne Frau einfach vergessen? Die Sehnsucht nach ihr übermannte mich schlagartig. Ich legte mich aufs Bett und schloss meine Augen, ich wollte mehr, ich wollte sie mit Haut und Haar. Ich krallte meine Hände in mein Oberbett und spürte zum ersten Mal ein grenzenloses Verlangen. Ich konnte es nicht unterdrücken.

Ihre blauen Augen tauchten vor mir auf. Ich merkte schon wieder, es waren Augen, die mich verrückt machten. Sie setzte sich neben mich auf eine Holzbank im Wald und nahm meine Hand. Ich sah alles etwas verschwommen, doch ich konnte sie hören und fühlen und wusste tief in mir, sie war bildhübsch.

»Ich habe ein Geburtstagsgeschenk für dich.«

»Was ist es denn?« Ich sah dieses verschmitzte Lächeln in ihrem Gesicht.

»Zu deinem Geburtstag wünsche ich dir als Erstes alles, alles Liebe, Glück, Gesundheit und Gute. Nun zu deinem Geschenk. Schließ deine Augen, so wie gerade. Stelle dir den schönsten Moment mit mir in deiner Erinnerung vor. Addiere ihn mit wahrer Liebe aus meinem Herzen. Gib Sterne, die ich dir vom Himmel hole, einen nach dem anderen, hinzu. Ich schenke dir hier noch einen impulsiven Kuss.«

Ich spürte ihre Lippen stürmisch auf meinen und ließ mich von meinen Emotionen mitreißen. Ich fühlte das Glück, das ich in meinen Erinnerungen für Sekunden fühlte. Wie gern hätte ich sie für immer festgehalten, doch es gelang mir nicht.

»Henry, alles zusammen ist wie ein Jungbrunnen, der dich auf deinem Lebensweg begleiten soll, wohin er dich auch führt.«

Ich öffnete in meinen Gedanken die Augen, legte meine Hand auf ihren Oberschenkel und spürte ihre zarte Haut unter meinen Fingern. »Das hast du schön gesagt. Das ist mit Abstand das schönste Geschenk, das ich je in meinem Leben bekommen habe! Du bist das wundervollste Geschenk auf der ganzen Welt. Was habe ich nur für ein Glück gehabt, dich zu treffen. Ich liebe dich!«

Ihre Worte hatten mich tief berührt.

»Ich liebe dich auch! Jeden Tag spüre ich das Feuer in mir, das sich nur durch dich entfachen lässt. Diese tiefe Liebe, durch die sich mein Herz der ganzen Welt öffnen kann«, flüsterte sie.

Sie blinzelte, dann legte sie ihre Lippen erneut zaghaft auf meine. Zärtlich schob sie ihre Zunge in meinen Mund. In unseren Blicken loderte ein magisches Feuer. Unsere Lippen lösten sich sachte voneinander. Ich nahm ihre Hand. Wir machten einen langen Spaziergang durch den Wald.

Svea

Ich blickte auf ein vergilbtes kleines Blatt Papier, das auf den Boden flatterte, als ich die nächste Seite umschlug. Die Ecken waren bereits reichlich abgenutzt. Der Zettel hatte sich von einer Klammer von Henrys Briefbogen gelöst. Ich hob den Zettel auf und faltete ihn auseinander.

♥

Ein wahrer Kuss,
ein schönes Wort,
eine Zärtlichkeit kann es sein
und vor lauter Glück
flattert ganz unerwartet
die Liebe in unser Herz hinein.
Plötzlich fühlen wir
dieses magische Gefühl,
das unsere Körper wie Feuer erhitzt
und nun für immer und ewig
in unseren Herzen sitzt.

♥

Ich grinste, streifte mitfühlend über den Briefbogen und flüsterte mir zu: »Ihre Herzen ließen sich nicht los. Ihre Liebe überdauerte alles! Jegliche Entfernung zum Trotz, das ist der Hammer! Das möchte ich auch irgendwann, bis zu meinem Lebensende. Das ist so schön. In diesen zwei Herzen steckt so viel Liebe.« Ich klemmte den kleinen Zettel zurück.

Ich blickte auf das Buch in meiner Hand, in dem groß geschrieben stand:

♥

Das Universum arbeitet immer für uns,
nicht gegen uns!

♥

Henry

Mittlerweile hatte ich mir etwas Geld zur Seite legen können. In unserem kleinen Ort gab es nicht viele Geschäfte und viel Auswahl an Kleidung oder Schmuck. Ich machte mich trotzdem auf den Weg und lief durch die schmalen Gassen und über das alte Kopfsteinpflaster. Ich kaufte mir endlich ein paar neue Kleidungsstücke, Schuhe und zum ersten Mal dachte ich daran, mir eine neue Armbanduhr zuzulegen. Der Uhrmacher lag sehr versteckt, etwas abseits vom Ort in einer Seitenstraße. Um seinen Eingang rankte jede Menge Efeu. Ich betrat sein Geschäft und ein paar Glöckchen klingelten. Er bat mich herein. Ich hatte noch etwas Zeit und setzte mich auf einen Hocker, da er für eine andere Kundin noch eine Uhr reparierte. Dieses Mal reichte mein Französisch zum Glück aus, um mich mit ihm verständigen zu können. Ich suchte mir ein günstiges Modell aus, dann schaute ich nach draußen und beobachtete einen Jungen mit seiner Mutter. Er zeigte zu einem Eiswagen und rannte los.

Ich dachte nach. Das Schöne an kleinen Kindern war, dass man die Möglichkeit hatte, selbst als Erwachsener wieder zum Kind zu werden.

Ohne ein schlechtes Gewissen zu haben und darüber nachzudenken, ob es der Moral entsprach. Da konnte es schon einmal passieren, dass man seine Arme ausstreckte und mit einem Kind schnell über eine Wiese lief.

Wieder holte mich eine Erinnerung ein.

»Ich bin ein Pilot, ich fliege«, hörte ich einen Jungen rufen.

»Henry, ich fliege hinter dir her, brrr, brrrr«, rief eine Frau, mein Herz wurde schwer.

»Mama, du stürzt ab, dein Motor ist kaputt!«, kreischte ich vergnügt. Sie lachte.

»Na warte«, schrie sie und rannte mir nach.

Der Uhrmacher kam zu mir, zum Glück brachte er mich im richtigen Augenblick auf andere Gedanken, bevor ich als starker Mann mit einem verflucht sensiblen Kern die Fassung verlor. Mit einer neuen Uhr und einem weiteren Stück meiner Vergangenheit verließ ich kurze Zeit später mit einem gemischten Gefühl das kleine gemütliche Geschäft in der die Zeit, so schien es mir, durch die vielen tickenden Uhren, niemals verloren ging.

Ich lief zu Pierre und Pascal in die Tischlerei und blickte auf die alte Steinmauer im Hof. »Wollte nicht heute die Firma kommen, um sie zu zertrümmern?«, fragte ich Pascal, als er mit einem Kunden aus der Tischlerei kam und auf mich zusteuerte. Der Kunde stieg in sein Auto ein und fuhr los. Pascal kam näher.

»Ja, aber die Firma hat uns hängen lassen. Warum fragst du?«

»Nur so«, antwortete ich, doch ich grübelte in Wahrheit den ganzen Tag lang. Nach Feierabend blieb ich allein in der Tischlerei zurück. Eine alte Bank sollte restauriert werden und ich hatte den Auftrag, das Holz dafür vorzubereiten. Nach getaner Arbeit sah ich durch das Fenster auf die uralte und hässliche Steinmauer. Dann kam mir eine Idee, die ich direkt umsetzen wollte, um mich bei Pierre und Pascal wenigstens ein bisschen erkenntlich zu zeigen und um mich bei ihnen für ihre selbstlose Hilfsbereitschaft zu bedanken …

Ich nahm eine alte Spitzhacke und verließ damit die Tischlerei. Ich lief zurück in den Hof und schlug auf das alte Mauerwerk ein. Stück für Stück brach ich den Stein weg. Doch es war fatal, denn bei jedem Schlag bemerkte ich, dass meine Sehnsucht nach der geheimnisvollen Frau in meinem Kopf größer und größer wurde. Die Steine vor meinen Augen zersprangen in Windeseile. Ich war guter Dinge, als sich mit einem Mal in mir starke Zweifel zeigten. Ich fragte mich, ob es die schöne Frau tatsächlich gab oder ob sie womöglich doch nur ein Hirngespinst, ein Konstrukt meiner blühenden Fantasie war, an die ich mich klammerte, um den eigenen Boden unter meinen Füßen, durch meinen Gedächtnisverlust, nicht zu verlieren. Nein, das konnte ich mir nicht wirklich vorstellen und das durfte auch nicht sein. Ich verdrängte den Gedanken schnell und stieß die Spitzhacke in die Steinmauer, dabei holte ich tief Luft und Schwung. Immer mehr Stücke bröselten vor mir zu Boden. Schnell entstand ein Loch. Ich räumte die Steine zur Seite, fühlte die kühle Erde, viele kleine Steine, die in ihr verborgen lagen. Ich dachte an das eiskalte Wasser, das am Strand über mich hinweggeflossen war. Der Dreck meiner lehmigen Hand trocknete langsam am Griff der Spitzhacke und hinterließ dort seine Spuren. Es war bitter, denn selbst hierbei sprudelten neue Gedanken wie Blubberwasser in meinem Geist. Zarte weiche Lippen senkten sich auf meine. Wieder begriff ich, diese mysteriöse Frau trug in sich den Schlüssel zu meinem Leben. Einen geheimen Schlüssel, der es schaffte, mein Herz auf wundersame Weise zu öffnen. Sie konnte nicht aus meiner Fantasie stammen. Ungezähmt küsste ich sie.

Kurzzeitig spürte ich dieses Gefühl, wahrhaftig glücklich zu sein. Doch dann war es auch schon wieder vorbei. Ein Traum, der wie eine Seifenblase zerplatzte, einfach so. Mit voller Wucht stieß ich die Spitzhacke wieder zwischen zwei alte Steine.

Ich lief kurz in die Tischlerei, zog mir feste Handschuhe an und nahm erneut die Spitzhacke. Sekunden wurden zu Minuten und Minuten zu Stunden, die ich damit verbrachte, das hässliche Mauerwerk zu zertrümmern. In dieser Nacht verschwand die komplette Mauer.

Ich warf erleichtert die Spitzhacke fort, fiel kraftlos zu Boden und sah auf den großen Haufen Gestein. Ich hatte es geschafft und zog die schmutzigen und löchrigen Handschuhe aus. Meine Hände zitterten vor Erschöpfung. Ich starrte auf einige Schwielen, presste meine Hand zu einer Faust zusammen und blickte auf den riesigen Geröllhaufen.

Ich brachte die Spitzhacke zurück und verließ die Tischlerei. Im Eiltempo lief ich zum Haus der Leroys, zu Pierre und Emma, schloss leise die Tür auf und pirschte mich an ihrem Schlafzimmer vorbei. Ihre Nacht war in zwei Stunden vorüber. Ich wollte sie überraschen und machte mich auf den Weg ins Bad. Hundemüde drehte ich die Wasserhähne auf. Ich ließ das lauwarme Wasser über meine Hände fließen und spritzte es mir ins Gesicht. Dabei schaute ich in den Spiegel, auf die Wassertropfen, die in meinem Gesicht fast wie Kleber hafteten. Mit einem flauschigen Trockentuch streifte ich die kleinen Wasserperlen von meiner Haut, dabei fühlte ich meine starre Muskulatur und die Verspannungen in meinem Körper. Ich biss die Zähne aufeinander, zog mich aus und setzte mich in die Badewanne. Das warme Wasser strömte kräftig gegen meine Beine und ich erholte und entspannte mich. Endlich fühlte ich mich richtig ausgelaugt, fix und fertig, so, als wäre es ein Zeichen, gleich tief und fest einschlafen zu können, um meinem derzeitigen Leben wenigstens für eine kurze Zeit zu entfliehen.

Ich legte mich ins Bett und verschlief tatsächlich zum ersten Mal den ganzen Tag. Ich schlief wie ein Stein.

Stunden später, es war abends, sah ich im Atelier aus dem Fenster. Von außen liefen haufenweise Regentropfen ebenmäßig über die riesigen Scheiben. Ich nannte sie die Tropfen des Himmels und legte ein leeres Blatt Papier auf den Schreibtisch. Ich begann zu zeichnen, um meinen gemischten Gefühlen neuen Ausdruck zu verleihen. Eine Vogelfeder erschien auf dem Papier. Was hatte es damit auf sich …?

Es klopfte an der Tür und ich vernahm Pierres Stimme. Ich bat ihn herein und die Tür des Ateliers öffnete sich. Zusammen mit Pascal und Emma kam er zu mir. Sie strahlten und bedankten sich bei mir ...

Agnes

Ich denke, dass es die wahre Liebe nur einmal im Leben gibt. Sie kann nicht ersetzt werden. Wir Menschen lieben auf verschiedene Art und Weise, aber auf die Intensität dieses Gefühls haben wir keinen Einfluss, keinen wirklichen, denn wahre Liebe fließt. Sie erwischt uns gnadenlos. Ob wir wollen oder nicht. Sie hat die Kraft, uns zu leiten, uns zu führen und uns zu verzaubern. Liebe entsteht, ob man will oder nicht. Aber wenn sie fließt, fühlt sich das Leben plötzlich leicht und einfach an. Sie verändert uns und macht uns zu besseren Menschen. Man fühlt sich wie neu geboren. Liebe gibt uns so viel. Sie gibt uns Kraft und heilt. Ich werde niemals aufhören, nach Henry zu suchen. Aber ich versuche, die Gegenwart, so wie sie momentan ist, zu akzeptieren. Ich bewahre die Schönheit dessen, was war, in meinem Herzen und hoffe, eines Tages können unsere Herzen endlich wieder daran anknüpfen …

♥

Erst letzte Nacht hatte ich wieder davon geträumt, wie wir damals über den Rummel liefen. Überall strahlten Lichter, es lief Musik, und wir hörten laute Stimmen. Viele Menschen spazierten wie wir über den Rummelplatz. Begeistert hielt ich Henry im Arm. Wir bestiegen das gewaltige Riesenrad. In der Gondel kuschelte ich mich nah an ihn. Aufgeregt beobachtete ich, wie die Gondel immer weiter in den Himmel fuhr. Ich spürte meine Angst vor dem Fall. Henry schaute nur kurz in meine Augen, dann legte sich sein Arm beschützend um meine Schultern. Ich fühlte mich sicher, das tat ich immer in seiner Nähe. Erleichtert genoss ich die Aussicht über die Häuser und den Jahrmarkt. Das Rad blieb stehen. Mit seiner Hand zog Henry mein Kinn zu seinen Lippen. Zaghaft berührten wir glücklich unsere Nasen. Ich schloss meine Augen, spürte dabei seine Lippen und küsste ihn. Ich streichelte über sein Gesicht und nahm seine Hand. Ich hielt sie fest. Die Gondel fuhr weiter, dann blieb das Riesenrad auch schon wieder in kurzen Abständen stehen. Die Gondeln leerten sich, wir kamen an den Ausgang.

Ich dachte weiter zurück. Wie ich mein erstes großes Plüschherz von Henry bekommen hatte und wir uns ein Softeis kauften. Dann folgten wir der Menge. Auf einer Wiese stellte sich Henry hinter mich, er nahm mich in den Arm und kuschelte sich an mich. Mein Ohr wurde warm durch seinen Atem. Unauffällig knabberte er an meinem Ohrläppchen. Ich bekam eine Gänsehaut. Wir beobachteten den

Himmel, der sich in Windeseile veränderte. Für einen kurzen Augenblick funkelte er magisch. Das Feuerwerk wurde zu einem Lichtspektakel, das ich in seinen Armen erleben durfte.

♥

An einem anderen Tag liefen wir mit einem viel zu kleinen Regenschirm verliebt durch den Regen. Es war stürmisch, der Schirm konnte dem Wind kaum standhalten. Mühevoll hielten wir ihn fest. Ich hakte mich dabei bei Henry ein. Die Straßen waren wie leer gefegt. Man hätte meinen können, dass wir die einzigen Menschen auf dieser Welt waren. Der Regen prasselte auf uns nieder. Unsere Kleidung war schon ganz klamm.

»Komm, schnell!«

Henry rannte mit mir durch den Regen. Eine Windbö traf den alten Regenschirm und er verlor den Kampf. Völlig nass blieben wir in einem Haltestellenhäuschen stehen.

»Jetzt ist er hin«, maulte Henry.

»Schlimm?«

»Nein! Nicht schlimm, aber schade.«

Außer Atem warteten wir auf den Bus. Henry stopfte den Schirm in einen Abfalleimer. Wasser tropfte von seinen Haaren. Ich wischte die Regentropfen von seiner Stirn. Dann kam schon der Bus aus der Ferne auf uns zugerollt, doch wir stiegen nicht ein. Der Bus fuhr ohne uns fort.

Henry schaute ihm nach. »Und jetzt?«, fragte er.

Ich rannte los. »Komm! Spürst du den Regen? Die einzelnen Tropfen auf deiner Haut?« Ich sah in den Himmel. Tropfen fielen in mein Gesicht. Ich tanzte vergnügt und glücklich durch den Regen über eine Wiese und Henry folgte mir.

»Bleib stehen!«, rief er und holte mich ein. Er griff nach meiner Hand und stoppte mich. Ich kniete mich vor Henry auf den Boden und öffnete seine Schuhe.

»Was machst du?« Unsicher schaute er auf mich herunter.

»Das siehst du doch!« Ich grinste. »Ich ziehe dir die Schuhe und die Socken aus!«

»Warum?«

»Weil ich es liebe, den Rasen und den Asphalt der Straße zu spüren. Und du sollst es auch spüren! Der Rasen ist noch warm und es fühlt sich gut an. Es gibt nichts Besseres! Es gibt dir ein Gefühl von Freiheit. Versuch es mal.« Ich schaffte es, Henry zu überzeugen. Er stand zwar stocksteif da, barfuß und schaute zu, wie ich meine Schuhe auszog. Aber er tat es, wenn auch nur mir zuliebe. »Lass sie einfach stehen. Wir kommen später zurück. Hier ist niemand«, erklärte ich weiter, als Henry nachdenklich eine Augenbraue hochzog.

»Du bist völlig verrückt!«

Vergnügt stellte ich unsere Schuhe unter einem Busch nahe einer Scheune ab. »Ich weiß, darum bin ich hier auf dieser Welt. Komm, Henry!" Ich fühlte, dass meine Haare wie Spaghetti in meinem Gesicht hingen. Unsere Kleidung klebte nass an uns.

»Wo willst du hin?«

Henry folgte mir neugierig. Schon immer war mir klar, er wäre mir überall hin gefolgt, bis ans Ende der Welt. Ich ihm auch.

Ich blieb stehen, drehte mich um, hielt meinen Zeigefinger auf seinen Mund. »Psst! Fühle mich, den Regen auf deiner Haut. Meine zärtlichen Berührungen, die ich dir schenke. Jeder Augenblick zählt! Er kommt nicht zurück. Deine Worte!« Ich spürte den nassen Rasen zwischen meinen Zehen und ein Stöckchen, das zerbrach, als ich fest auftrat. Der Asphalt war noch warm und kleine Steine piksten mich, bis ich mit Henry an einer Telefonzelle anhielt. Ich ließ seine Hand los und öffnete die Tür. »Komm, Schatz!« Ich lächelte. Die Tür der Telefonzelle schloss sich hinter uns wie von selbst. Die Scheibe beschlug.

Henry griff nach meinem Arm. Er zog mich näher zu sich heran, umarmte mich. Die Magie, unsere Energie, die in der Luft lag, war unbeschreiblich. Alles war schon damals wie ein Traum, voller Hingabe. Er küsste mich. Unsere Zungen bewegten sich leidenschaftlich, mal heftig oder mal gefühlvoll im Rhythmus unseres Herzschlags. Ich liebte es. Er war für mich mein Froschkönig, der sich nichts lieber wünschte, als von seiner Prinzessin geküsst zu werden. Ich fühlte die Wärme, die uns das Gefühl grenzenloser Geborgenheit gab.

Henry stützte sich an der Scheibe der Telefonzelle ab. Er hielt mich fest. Unsere nassen Haare tropften. Ich lehnte in einer Ecke zwischen Scheibe und Telefon, setzte einen Fuß an den Scharnieren der Tür ab. Unsere Gefühle überwältigten uns. Wir atmeten tief. Meine Hand rutschte an der beschlagenen Glasscheibe hinunter.

Wir versanken in dem Gefühl unendlicher Nähe und Zusammengehörigkeit. Wir spürten eine Welle der grenzenlosen Begierde. Unser lautes Aufstöhnen und danach eine nicht definierbare erschöpfte Stille machten den Augenblick zu einem, den ich niemals vergessen werde. Später malte ich mit meinem Zeigefinger ein Herz auf die beschlagene Scheibe in der Telefonzelle. Henry sah mir dabei zu. Er legte seinen Zeigefinger auf meinen und führte meine Hand. Wir schrieben A + H = LOVE in das Herz.

Unsere Romantik beherbergte einen mächtigen Schatz. Sie trug einen versteckten Schlüssel in sich, der unsere Herzen weit öffnete und dafür sorgte, dass unsere aufrichtige Liebe füreinander stets mit einem Zauber umhüllt wurde.

Henry nahm mich zufrieden in seine Arme. »Schau, es hat aufgehört zu regnen.«

Ich öffnete die Tür der Telefonzelle. Hand in Hand liefen wir über Stock und Stein durch die Nacht zurück zu unseren durchnässten Schuhen.

♥

Wenn du das, was ich dir schreibe,
durch meine Augen sehen könntest,
wenn du das, was ich dir hier schreibe,
durch mein Herz fühlen könntest,
wüsstest du, dass ich es eigentlich
nicht in Worte fassen kann.
Manche Dinge
sind schwer zu beschreiben,
man muss sie fühlen,
um zu verstehen …

♥

Henry

Ich wusste, solange ich nicht den heiß ersehnten Anruf von Kommissar Dubois oder eines anderen Mitarbeiters einer Dienststelle bekam, der am Ende alles aufklären konnte, blieb mir nichts anderes übrig, als selbst die Initiative für mein Glück zu ergreifen. Ich musste den richtigen Händler der hölzernen Rose schnellstmöglich finden. Gestern bekam ich kaum Schlaf. Pierre und Emma hatten ein paar Gäste eingeladen und im Haus knallten reichlich Sektkorken. Laute Musik ertönte und überall waren Stimmen zu hören. Als ich den Flur betrat, standen bereits einige Frauen und Männer an der Toilettentür Schlange. Die Tür öffnete sich. Ein Mann kam beschwipst aus dem Bad und knöpfte seinen Hosenschlitz zu. Ich lief an ein paar schreienden Kindern vorbei. Völlig überdreht spielten sie im Wohnzimmer Fangen und warfen dabei eine Blume um. Der Übertopf brach im selben Augenblick entzwei, als ihre Mütter kamen. Ich besorgte mir aus der Küche eine Flasche Wodka und nahm den direkten Weg zurück ins Atelier.

Das Licht der Tischlampe strahlte spät in der Nacht in meine Augen, als ich die Wodkaflasche neben ihr abstellte. Ich warf mich mit dem Rücken aufs Bett. Ich machte die Lampe aus, doch ich konnte nicht einschlafen, es war einfach zu laut. Ich wälzte mich hin und her. Schließlich knipste ich das Lämpchen wieder an und stand genervt auf. Ich füllte ein Glas und führte es zum Mund. Frustriert schüttete ich den Wodka in mich hinein, doch ich spuckte ihn gleich ins Glas zurück, denn ich mochte ihn nicht. Ich stellte das Glas weg, dabei tropfte ein wenig Wodka auf Emmas Schreibtisch. Ich zog mein Taschentuch aus der Hose, trocknete alles und steckte es zurück. Dann betrachtete ich meine Hände, die feinen Linien in meiner Handinnenfläche. Meine Lebenslinie. Ich schaute auf das noch halbvolle Glas und griff nach meiner Ledermappe, das Einzige, das ich in meinem Leben wirklich besaß. Ich öffnete sie. Jede Menge Bilder, eigene Texte und Briefe kamen zum Vorschein. Nachdenklich starrte ich auf die schöne Frau auf meinem Papier, dann sah ich sie wieder vor mir. Ich träumte mit offenen Augen.

Sie trug aus Spaß einen Anzug, wie Humphrey Bogart ihn in dem Film »Casablanca« noch heute trägt. Mit einem Hut und einem alten Gehstock, lief sie durchs Haus.

»Du bist eine Tänzerin aus Leidenschaft!« Ich strahlte.

Ihre private Vorführung war allerliebst. Elegant und sexy kam sie Stufe für Stufe die Treppe herunter. Mit einem Satz nahm sie mich in ihre Arme. Ich spürte den Rhythmus, als sie sich an meinem Körper bewegte. Verrückt. Ich hielt meine Melone fest und öffnete meinen Mantel. Wir tanzten durchs Haus. Es kostete mich große Überwindung. Tanzen war anscheinend ihre Leidenschaft, nicht meine. Aber sie hatte es mit ihrem Humor geschafft, das Tanzen auch zu meiner Leidenschaft zu machen. Ich fühlte, sie verzauberte mich. Es war nicht schlimm, ich tat es gern. Es war wahnsinnig schön.

Es klopfte an der Tür und ich verlor den hauchdünnen Faden meiner Erinnerung.

Ein betrunkenes Pärchen öffnete die Tür. »Oh, excusez-moi!«, halte es durch das Atelier.

In Gedanken übersetzte ich: Oh, entschuldigen Sie! Zum Glück verstand ich mittlerweile die Sprache besser. Das junge Paar kicherte etwas verlegen, wie gern hätte ich mit ihnen getauscht.

Die Tür schloss sich leise. Ich hörte ihr Lachen noch eine Weile, dann knallte eine andere Tür. Es wurde ein wenig leiser im Flur. Ich fühlte mich noch einsamer als sonst und holte zum ersten Mal den völlig zusammengepappten alten Brief aus meiner Vergangenheit hervor. Ich hatte ihn damals nicht weiter beachtet, da ich zu viel Bedenken hatte, ihn beim Öffnen zu zerstören. Außerdem war ich zu dem Zeitpunkt nicht mehr davon ausgegangen, überhaupt noch etwas auf ihm lesen zu können. Doch jetzt hatte ich viel Zeit, reichlich Langeweile und vielleicht einen ganz kleinen Funken Hoffnung. Was hatte ich zu verlieren? Dr. Leroy hatte den Brief damals nicht geöffnet, sondern geknickt, wie er war, zum Trocknen gelegt, um ihn nicht auch noch weiter zu beschädigen. Jetzt pappte der Briefbogen seit einiger Zeit jedoch fest zusammen und die geschwungene Schrift auf dem gewellten Papier, war an manchen Positionen nur noch durch ein Hauch Farbe zu erahnen. An einigen Stellen hatten sich sogar dunkle Wasserränder gebildet.

Während das wilde Leben um mich herum im Haus tobte, versuchte ich, mit viel Geduld, das Papier vorsichtig auseinanderzuklappen, um den Brief doch noch zu öffnen. Nach einiger Zeit und jeder Menge Fingerspitzengefühl war es tatsächlich so weit. Ich hatte es geschafft und zusätzlich eine Erkenntnis gewonnen: Geduld zu üben, zahlt sich immer aus. Genaustens betrachtete ich den Zettel, der nun vor mir lag. Einige Zeilen waren komplett verschwunden, aber andere waren noch verschwommen zu sehen. Ich holte Emmas Lupe aus ihrem Schreibtisch und schaffte es, ein paar der Wörter zu entziffern. Einige waren zwar sehr schön, aber in diesem Augenblick unbrauchbar für mich, doch dann erkannte ich einen Namen: Agnes!

Mit einem breiten Grinsen legte ich die Lupe und den Liebesbrief glücklich und erleichtert zur Seite, ein weiteres klitzekleines Puzzleteil meiner Vergangenheit hatte sich durch meinen Ehrgeiz gezeigt. Ich ließ mich zurück aufs Bett plumpsen. Sofort lief ein neuer Film durch meinen Kopf.

Ich saß vor einem Briefbogen und schrieb ihren Namen, wieder und immer wieder auf. Ich erinnerte mich wie ich über einen Waldweg stapfte und vor einer etwas abgelegenen, gemütlichen Waldkneipe anhielt. Viele Teelichter, die auf kleinen, runden Tischen vor dem Eingang standen, strahlten in roten Gläsern in der Dunkelheit. Agnes kam durch die Tür der Kneipe. Sie hatte wohl im Inneren schon auf mich gewartet.

»Schön, dich zu sehen, ich bin so aufgeregt! Wo hast du geparkt?«

Ich drehte mich zu Agnes, küsste sie und streichelte sanft über ihren Hals. Ich spürte ihre zarte Haut an meinem Kinn und schaute sie überrascht an. »Links unten an der Straße, wieso?«

»Nur so, ich habe etwas mit dir vor, aber dafür brauchen wir kein Auto!«

Ich liebte ihre verrückte Art, ihre Fantasie. Sie lächelte zauberhaft und ich nahm ihre Hand. »Wie bitte?«

»Du kennst doch das Märchen Hänsel und Gretel.«

Ich schmunzelte. »Wer kennt das nicht?«

»Okay, deshalb habe ich diese einsame Kneipe hier am Waldrand ausgesucht. Alle sind drin, wir hier draußen ganz allein. Du wirst wissen, was zu tun ist! Setz dich, schließe deine Augen, warte ein paar Minuten und dann machst du sie wieder auf! In Ordnung?«

Ich sah Agnes fragend an, ergab mich aber. Ich schloss meine Augen, setzte mich auf einen Klappstuhl und lauschte den Stimmen in der Kneipe, die durch das geöffnete Fenster zu hören waren. Dann öffnete ich meine Lider. Eine Blüte lag auf meinem Schoß, vorsichtig nahm ich die rote Rose in die Hand. Dann blickte ich zu Boden und stand auf. Blütenblätter verteilten sich auf einmal überall auf dem Weg. Neugierig folgte ich der Spur tiefer in den Wald. Ich fand Schuhe, hob sie auf und folgte den Blütenblättern weiter, fand ihre Weste, dann ihren Rock, der glatt gefaltet auf einem Baumstumpf zu sehen war. Ich sammelte ihre Kleidung Teil für Teil auf. Etwas weiter hing an einem dünnen Zweig ihr Shirt. Auf einmal sah ich sie. Agnes saß auf einem großen dicken Baumstamm, der quer auf dem Boden lag. Ich riskierte einen Blick an ihr vorbei und bemerkte einen kleinen See. Ich legte ihre Sachen ab, dabei schaute ich auf ihren Zeh, den sie in eine kleine Pfütze bohrte. Sie spritzte, frech, wie sie war, etwas Schlamm in mein Gesicht und lachte.

»Komm her! Zieh dich aus. Es ist Nacht und doch noch so warm. Spürst du den Wind auf deiner Haut?«

Ich zog eifrig meine Sachen aus und legte sie sorgfältig zu ihren. Wir näherten uns und bespritzten uns aus Spaß ausgiebig mit Schlamm, bis sich unsere hitzigen Blicke trafen. Ich spürte mein Herz, diese Wärme, die durch meinen Körper stürmte. Agnes zog mich zaghaft zu sich heran. Ihre Lippen waren etwas geöffnet, sie hielt meinen Blick. Liebevoll wischte sie den Schlamm aus meinem Gesicht. Ich machte es ihr nach, küsste sie. Eng umschlungen standen wir in einer wundervollen Sommernacht in diesem Wald. Mein Herz schlug so schnell wie nie zuvor.

Agnes zog mich mit sich auf den Boden. Langsam streichelte ich über ihren Hals, zaghaft küsste ich sie. Wir suhlten uns wie kleine Ferkel im Dreck. Es war uns völlig egal. Ich nahm ihr Haar und zwirbelte es um meinen Finger. In ihren Augen spiegelte sich die Magie, die sich um uns herum befand. Ich spürte mein Verlangen, ihr näher zu kommen, mit ihr eins zu sein. Ich küsste ihre Arme. »Du bist so zart, deine Haut so weich.« Ich streichelte über ihren Körper. »Einfach zauberhaft und so schön. Niemals habe ich eine Frau mehr begehrt als dich. Du machst mich zu jeder Zeit verrückt!«

Es kribbelte überall in mir, ich stand völlig unter Strom. Ich fühlte ihre Hände, die mich streichelten. Oft kam es mir vor, als wären sie an allen Stellen gleichzeitig. Ich spürte den Schlamm an unseren Körpern und den Moment der völligen Vereinigung, der in mir das Gefühl grenzenloser Bewunderung auslöste.

Erst später standen wir auf und sprangen, dreckig wie wir waren, in den klaren See. Wir bespritzten uns mit Wasser, bis wir erschöpft hinausgingen und uns in das Gras am Ufer legten. Ich wärmte sie auf, legte beschützend meine Arme um sie, das mochte sie. Wir vergaßen alles um uns herum. Was war ich glücklich. Von irgendwoher hörte ich einen Waldkauz. Die Mücken tanzten über dem See im Mondlicht. Zufrieden stand ich auf und gab Agnes einen Kuss. »Ich werde dir immer das Wertvollste schenken, das ich besitze. Mein Herz!«

Sie küsste mich innig.

Ich nahm Agnes an die Hand und ging mit ihr zurück zu dem Baumstamm. Wir zogen rasch unsere Sachen an und machten uns auf den Rückweg. Es fühlte sich gut an, sie in meinen Armen zu halten. Jedes Mal nach drei Schritten blieben wir stehen und gaben uns noch ein Küsschen.

Ich löste meine Erinnerung auf. Die verschiedensten Emotionen verschafften sich mit einem Mal in mir Platz. Ich hatte das Gefühl, nicht mehr Herr meiner Sinne zu sein. Weitere Erinnerungen oder Träume schlichen sich ohne Pause machtvoll in mein Leben, etwas überfordert ließ ich es dennoch zu.

Dieses Mal stand ich mitten in einem Maskenball. Ich starrte plötzlich auf schwarze weiße silberne und goldene Masken mit bunten Federn oder Pailletten, hinter denen die Tänzer ihre wahre Identität versteckt hielten. All diese venezianischen Masken umhüllten fremde Gesichter. Vor mir verbeugte sich ein Mann. Er trug die Maske eines Jokers mit einem fiesen Grinsen. Die Glöckchen bewegten sich und klingelten grell. Gleich war mir klar, dass Vorsicht geboten war. Ich bemerkte meine Eifersucht, denn ich wusste, der Joker trieb gern seine morbiden Späßchen. Dankend lehnte Agnes an meiner Seite ab. Ich hielt ihre Hand und zog sie zu mir heran. Lächelnd tanzte der wilde Narr weiter durch den Raum. Agnes blickte zu mir auf. Meine Phantommaske schenkte mir, so sagte sie, einen Ausdruck von Sinnlichkeit und Poesie. Die Maske erinnerte sie an eine der vielen Theatermasken, die ihre Mutter wohl in ihrem Leben gesammelt hatte. Ich trug sie nur für sie in dieser Ballnacht.

Sie wollte mir die Maske unauffällig entfernen, mich küssen, doch wir spielten ein Spiel. Ich riss mich von ihr los, verschwand zwischen den vielen Tänzern, lief die lange Treppe hinunter zurück in das verzweigte Gartenlabyrinth. Ich zog einen meiner Schuhe aus und ließ ihn fallen, genau wie im Märchen. Was sie konnte, konnte ich auch. Während sie die Treppen hinablief, nahm sie meinen Schuh in die Hand und kam zu mir in den Rosengarten. Ich nahm ihre Hand und zog sie in ein

Gebüsch und flüsterte ihr zu: »Ich liebe dich!« Dann küsste ich sie hemmungslos.

Ich öffnete meine Augen und sah zu Emmas Staffelei. Alles war so verrückt, so schön.

Ich legte den alten Brief von Agnes zurück zu meinen eigenen Briefen und Texten. Vielleicht konnte ich Agnes diese wertvollen Schriftstücke irgendwann einmal geben, sie ihr persönlich in die Hände legen und dann würde sie mir von unserer gemeinsamen Vergangenheit erzählen.

♥

Alles wird sich fügen. Zwei Leben werden sich neu miteinander verbinden. Ich bin mir sicher, sollte es so kommen, wird Agnes meine Welt verändern und mich auf eine ganz beeindruckende Art und Weise verzaubern. Sie wird meine jetzt so trostlose Welt gnadenlos auf den Kopf stellen, mich begeistern, so wie sie es bereits in meiner Vergangenheit tat. Wege kreuzen sich niemals zufällig, und es ist wichtig, an das zu glauben, was man sich wünscht, denn der Glaube versetzt Berge. Vielleicht nicht sofort, aber es wird passieren, wenn es so sein soll, die Zeit reif ist und das Universum gleicher Meinung ist. Ich sehe sie, ich fühle sie, ich begehre sie und es kommt mir vor, als sitzt sie bereits neben mir. Ich sehe sie von Tag zu Tag klarer. Was hat sie damals nur mit mir gemacht, wer waren wir und wie hat uns das Universum zueinander geführt? Ich muss es wissen. Was ist damals alles passiert, dass ich mich so zu ihr hingezogen fühle und wie landete ich hier mit einer Amnesie?

Svea

In Gedanken versunken steckte ich meinen Zeigefinger als Lesezeichen zwischen zwei Seiten und schloss das Buch. Mit der anderen Hand strich ich über die fransigen Ränder des blutroten Herzens auf dem Deckel. Ich dachte nach. Als meine Großmutter noch gelebt hatte, hatte sie mir auch stets wichtige Lebensweisheiten mit auf den Weg gegeben. Eine davon war: »Mein Kind, wichtig ist nicht, was du hast, sondern was du aus allem machst.« Oftmals hatte meine Oma gesagt: »Gott gab uns allen Hände, sie sind unser Werkzeug. Er gab uns einen Körper und einen Geist, damit wir fühlen und Gutes tun können. Helfen können.«

Ich erinnerte mich, dass ich als Kind meiner Oma gern beim Nähen und Stricken zugesehen hatte. Meine Oma hatte mit mir viel Geduld, erklärte mir, wie ich den Wollfaden durch die Schlaufe ziehen musste. Oft zeigte sie dann auf ihre Hände, auf ihren Kopf, auf ihr Herz und erklärte:

»Das, liebe Svea, ist alles, was wir brauchen! Benutze es richtig. Bleibe geduldig! Übe stetig, lerne, um zu verstehen, hör auf deine innere Stimme, mein Schatz! Das Leben ist kurz, mach das Beste aus allem und folge deinem Herzen. Dein Verstand will dich stets beschützen, aber dein Herz kennt den richtigen Weg. Gehe ihn, auch wenn er holprig ist! Er führt dich zum Glück, und glücklich zu sein, ist unser aller Weg!« …

Plötzlich erschien meine beste Freundin vor meinem inneren Auge.

»Damals hast du gelacht, wenn andere sagten: ›Eine Beziehung ist wie eine Jeans, du kaufst sie, trägst sie auf und irgendwann ist sie kaputt. Auch das Neue wird einmal alt.‹ Viele Menschen geben sich keine Mühe. Du warst von der wahren Liebe überzeugt und dir immer sicher. Damals hast du deinen Standpunkt vor allen verteidigt: ›Ihr habt die Jeans in der Hand, sie ist alt, hat Löcher, sie ist ausgewaschen, also seid kreativ, verschönert sie mit allem, was ihr habt und geben könnt. Nehmt Stoffe, nehmt Nieten, nehmt Knöpfe und macht sie zu eurem persönlichen Highlight, setzt neue Trends! Ihr müsst es nur sehen, euch muss bewusst werden, wie viel Potenzial in allem steckt!‹«

Die Situation im Klassenzimmer war wie auf Knopfdruck präsent.

»Gib nicht auf! Worauf wartest du? Mach das, was dich glücklich macht. Tu alles dafür! Das waren stets deine Worte. Wo ist deine Überzeugung geblieben? Ein einziger Mann, eine siebenjährige, beendete Beziehung, kann deine Meinung doch nicht mit einem Mal komplett ändern. Hilf deinem Glück auf die Sprünge, bevor es zu spät ist. Stelle deinem Herzen die Frage: Was willst du? Dann weißt du, was zu tun ist.«

Ich musste schmunzeln, dann öffnete ich das Buch erneut und las weiter …

Agnes

Ein Unglück kam selten allein. Eigentlich gehörte es nicht hierher, dass mein Onkel sein Haus ein paar Tage nach Henrys verschwinden auch noch verkaufte und mir kurz danach von dem neuen Käufer eine Kündigung in den Briefkasten flatterte. Eigenbedarf! Damals legte ich den Brief bei Seite, denn Henry hatte in meinem Leben die höchste Priorität, alles andere war unwichtig, aber nun war es auch schon so weit. Ich packte meine Sachen, um in das verklinkerte Haus meines älteren Bruders Victor, in eine kleine, gemütliche Zweizimmerdachgeschosswohnung Nähe des Stadtparks zu ziehen. Meine Eltern hatten sich in den letzten Wochen zum Glück um alles gekümmert.

♥

Victor ist Pianist, bereits geschieden und hat eine kleine Tochter, die nicht mehr bei ihm lebt. Er ist selten zu Hause, denn sein Herz gehört nur der Musik.

♥

Gestern öffnete ich meinen Kleiderschrank. Ich legte Henrys Kleidungsstücke, die er bei mir aufbewahrt hatte, vorsichtig in einen Karton. Als letztes holte ich seine Schuhe hervor … Ich nahm ein Tuch und putzte damit über das etwas trübe Leder, dann erst bemerkte ich, dass ein Stück vom Schnürsenkel fehlte …

Wie oft hatte Henry damals geflucht, wenn in der letzten Sekunde, bevor er losmusste, sein Schnürsenkel riss. Das waren Momente, in denen er so schrecklich unbeherrscht war und manchmal glatt tobte. Spätestens da musste ich lachen und er dann auch, weil er merkte, dass es nichts änderte, wenn er sich so aufführte. In Ruhe holte ich ihm einen neuen Schnürsenkel und zog ihn durch die Ösen seines blitzeblank geputzten Lederschuhs. Meistens zog er dann mein Kinn zu sich und flüsterte: »Entschuldige! Die Eile, du verstehst!«

»Nichts für ungut, ich kenne dich doch. Ich liebe dich, wie du bist, deine Stärken, aber auch deine Schwächen. Das zeichnet dich aus, das bist du.«

Ich lernte früh: Wenn man es schaffte, die Macken seines Partners zu akzeptieren und diese als etwas Liebenswertes anzusehen, war man anderen einen großen Schritt voraus.

♥

Wenn du einen Menschen wirklich liebst,
erblickst du dessen Schönheit
tief im Verborgenen ...

♥

Ich steckte die Schuhe in den Karton, schloss ihn und beschriftete ihn schweren Herzens.

Manchmal, so dachte ich mir in diesem Augenblick, wäre ich froh, alles zu vergessen. Dann täte der Verlust nicht so schrecklich weh.

Ich schaute im Flur auf die Bilder in ihren staubigen Rahmen. Jahrelang hingen sie schon neben dem großen Spiegel. Ich blieb zum ersten Mal nach Monaten wieder lange davor stehen und streichelte über die silbernen Rahmen. Der feine Staub haftete an meinen Fingerkuppen. Ich hatte die Rahmen früher immer zum Glänzen gebracht. Seit Henrys Verschwinden, fehlte mir jedoch die Lust und die Zeit. Ich nahm ein Bild von dem dünnen Nagel ab, den Henry vor Jahren glücklich in die Wand geschlagen hatte. Leicht gräuliche Umrisse blieben zurück, es waren Spuren der Zeit.

♥

Die Zeit heilt Wunden,
aber sie hinterlässt Spuren!
Tiefe Narben im Herzen,
an der Wand,
überall in meinem Leben.

♥

Fest biss ich auf meine staubige Fingerkuppe. Ich schmeckte den Staub auf meiner Zunge, ich spürte meine Trauer.

Eilig lief ich durch den Raum, nahm alle Bilder von den Wänden, von den Regalen oder holte sie aus den Schränken. Immer mehr Bilder trug ich an meinem Herzen.

Dann stopfte ich sie allesamt in einen neuen Pappkarton. Aus Versehen rempelte mich mein Vater dabei an, ein Rahmen fiel zu Boden. Ich bückte mich und hob das Foto aus dem kaputten Rahmen auf. Hinter zersprungenem Glas versteckten sich Erinnerungen. Ich legte das Bild in den Umzugskarton und fegte die Scherben auf.

Dann holte ich aus einem Sideboard einen bunten, beklebten Schuhkarton mit Bildern, viele Fotoalben mit Hunderten Fotos aus glücklichen Zeiten und schloss den Umzugskarton.

George brachte ihn fort.

Victor sah ich beim Einzug nur kurz beim Einräumen im Flur. Er erzählte mir sofort von seinen neuen Kompositionen und davon, dass die zweite Zeit für seine Schaffensphase nun angebrochen wäre, schließlich wollte er irgendwann in die Musikgeschichte eingehen. Die Weichen dafür, so sagte er, stünden gut. Er hatte bereits begonnen, seine erste eigene Sinfonie zu komponieren.

Victor stolzierte an mir vorbei zu seinem Flügel und ließ an diesem Tage seine Finger stundenlang über die Klaviertasten gleiten. Seine außergewöhnlichen Fähigkeiten auf den Tasten waren selbst in meiner Wohnung nicht zu überhören. Man hätte meinen können, alles um uns herum vibrierte. Doch sein musikalisches Talent bewegte mich nicht im Geringsten, stattdessen träumte ich von Henry.

Ich fühlte Henrys Hand auf meiner Schulter, seine Küsse an meinem Hals. Ein Hauch voller Zärtlichkeit streifte meine Lippen. Es schien mir, als spürte ich seinen Atem, als wir uns zügellos vor Jahren auf der Motorhaube seines Autos nähergekommen waren. Er schaffte es sofort wieder, mich in seinen Bann zu ziehen. Mein Herz verkrampfte sich in meiner Brust.

♥

Viele Menschen sagen, das Herz
ist nur ein muskuläres Hohlorgan, eine
Pumpe für den Körper,
damit er funktioniert.
Für mich ist es wahrlich mehr.
Denn es besitzt ein riesiges Kraftfeld
voller Energie, das Emotionen
und Glaubenssätze
in die richtige Bahn lenkt,
um zu verstehen.
Weder Zeit noch Entfernung
spielen dabei eine Rolle.

♥

Ich sah mich um, starrte auf meine Kartons. Ich räumte sie langsam aus und fragte mich, was wäre, wenn Henry zurückkäme, auf meine alte Schelle drücken wollte und ein fremder Name die Klingel schmückte? Könnte er denken, ich hätte nach der ganzen Zeit einfach mit ihm abgeschlossen?

Henry, wo bist du? Mein Liebster, melde dich. Gib mir endlich ein Lebenszeichen. Ich will wissen, dass es dir gut geht. Ich zerbreche vor lauter Kummer. Denk an unsere gemeinsame Zeit, daran, wie viel Spaß wir hatten. Wie oft wir gelacht haben. Wie oft wir gestritten haben und froh waren, als wir uns endlich wieder vertrugen. Denk an die Farben im Keller. An unseren Versöhnungssex.

Es ist lange her, dass ich nach meinem Feierabend glücklich die Tür aufgeschlossen habe. Er fehlt mir.

Diese Vertrautheit sprengte Grenzen, wir hatten so viel geschafft. Ich hatte in meinem bisherigen Leben oftmals an allem gezweifelt, aber niemals an Henry und mir. Manche Tage waren gerade am Anfang der Selbstständigkeit für Henry so zermürbend, dass er sich oft fragte, ob es der richtige Weg war. Doch dann kam er zu mir und schnupperte von Weitem schon das leckere Abendessen, das ich gekocht hatte. Seine Zweifel verschwanden. An anderen Abenden stiegen wir Stufe für Stufe zum Dachboden hinauf. Wir öffneten die kleine Luke im Dach und schauten zum Himmel. Einfach so. Es reichte uns, einander im Arm zu halten und dabei den Augenblick zu genießen.

Manchmal klopft mein Herz vor Aufregung. Es sind die Augenblicke, in denen ich glaube, Henry, steht neben mir. Vor mir. Dieses Gefühl vergeht nie. Es ist immer vorhanden. Ich weiß nicht, wie ich es ändern kann.

Vor ein paar Wochen hatten wir im Kindergarten entschieden, bald ein Fest zu veranstalten.

Mit einer Tombola und vielen Preisen für die Kleinen. Ich meldete mich freiwillig an, um mal wieder jede Menge zuckersüße Teddybären zu nähen und um mir so ein wenig Abstand von meinem Herzschmerz zu gönnen.

Ich saß tagelang jeden Abend vor demselben Schnittmuster, schnitt mir alles zurecht, damit jedes Kind an diesem besagten Tag, am Ende, einen dieser bärenstarken Gefährten mit nach Hause nehmen konnte. Pierre Corneille schrieb einmal: Die Art, wie man gibt, bedeutet mehr, als was man gibt! Es waren weise Worte, die ich seitdem beherzigte. Ich blickte, währenddessen ich an den Teddys arbeitete, oft zu meinem Bären, den ich von Henry als letztes bekam. Er beschützte seit der Suche in Frankreich die flauschige weiße Feder. Sie lag ruhig in seinen Armen und mir wurde bewusst, Henrys Talente, seine Herzlichkeit, seine Wärme, seine Hilfsbereitschaft, sein Charme, sein Humor und sein Lächeln würden für immer in

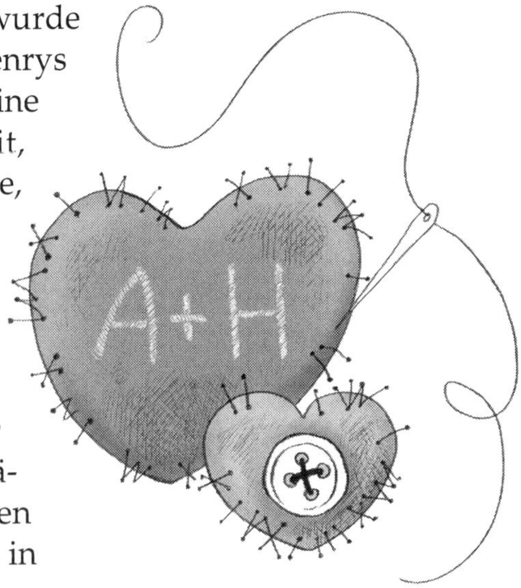

meinem Herzen bleiben, egal, was die Zeit mit sich brachte.

Ich nähte immer wieder den gleichen, wuscheligen Stoff mit Herzblut zusammen, um zu vergessen. Anschließend füllte ich konzentriert die Teddybären mit jeder Menge Bastelwatte, um meiner Liebe zu Henry extra wenig Raum zu lassen und um endlich mal wieder ein wenig aufatmen zu können. Mit einem dicken Garn und einer langen Nadel, befestige ich zum Schluss die putzigen, dunklen Glasaugen und zog sie ein wenig ein. Ich wurde immer schneller und schaffte von Tag zu Tag mehr Bären. Alles war so komplex und griff ineinander …

Gott, was waren es am Ende viele Teddys und jeder Bär sah ein wenig anders aus. Es schien mir, als trüge jeder von ihnen eine kleine, eigene und individuelle Persönlichkeit in sich, genau wie wir Menschen. Ich zählte die Teddybären durch. Es waren tatsächlich mehr, als wir Kinder hatten. Ich steckte die Bären in drei der leeren Umzugskartons, die im Wohnzimmer auf meinem Parkettboden standen. Das alte gebeizte Holz knarzte bei jedem meiner Schritte, die ich darauf machte. Nach getaner Arbeit lief ich ins Bad. Ich blickte auf die hellen Badezimmerfliesen, dann auf den Wasserhahn. Ich drehte ihn fester zu und sah dabei einmal kurz in den Spiegel. Dann ließ ich mir ein heißes Schaumbad ein.

Ich zog mich aus, stieg in die Wanne hinein und schloss dabei meine Augen.

Henry streichelte sanft mit seinem Zeigefinger um meinen Bauchnabel, als ich in der Wanne lag. Er küsste mich. Ich warf ihm zaghaft Schaum ins Gesicht. Wir alberten wie immer. Stürmisch zog ich ihn mit ins Wasser. Seine Kleidung wurde nass. Es war ihm egal und mir erst recht. Ich setzte ihm vergnügt Schaum auf den Kopf und kreierte ihm daraus einen monströsen Hut. Aber er wollte ihn nicht behalten. Er schüttelte seinen Kopf und der Schaum fiel auf meine Brust. Wir tobten in der engen Wanne und veranstalteten eine wilde Schaumschlacht.

Ich blickte zurück ins Wohnzimmer. Endlich wusste ich, warum es viel zu viele Teddys waren, eine liebevolle Idee verselbständigte sich in mir.

So wie du mir, so ich dir – war mein neues Tagesmotto und ich begann, Minuten später jede Menge Briefe zu schreiben:

♥

Lieber Henry!

Es sind bereits etliche Wochen vergangen,
in denen ich nichts von dir gehört habe.
Aber noch immer halte ich deine Kette,

deinen Herzdiamanten, fest in Händen,
in der Hoffnung
auf ein Lebenszeichen von dir.
In all der Zeit schickte ich dir jeden
Abend einen Luftkuss.
Ich werde es weiterhin tun.
Wir wissen beide,
die Hoffnung stirbt zuletzt.
Egal, wo ich war und ich noch sein werde,
ich vergesse dich nie.
Du fehlst mir in jeder Sekunde
meines Lebens.
Solltest du diesen Bären finden oder in
die Hände gelegt bekommen, weil dich
das Universum zur richtigen Zeit an den
richtigen Ort gelenkt hat, komm bitte
endlich zu mir zurück.
Mein Herz ist dir für immer treu.
20:00 Uhr!
An der Bank am Teich.
Ich werde dort täglich auf dich warten,
in der Hoffnung,
dich endlich wieder in die Arme
schließen zu können,
denn du bist und bleibst
mein Leben.

Deine Agnes

♥

Etwas verrückt, aber ich spürte einfach, es passte zu uns. Egal, was alle dachten … Wir waren anders als der Rest der Welt und das war auch gut so.

Ich schrieb die Zeilen wieder und wieder auf.

Irgendwann hatte ich einen richtigen Stapel mit Briefen und ich fühlte mich verdammt gut, denn ich saß nicht untätig rum, sondern ich setzte wieder und wieder etwas in Gang, so, wie es sich für ein liebendes Herz, das auf der Suche nach seiner zweiten Hälfte war, gehörte. Spät in der Nacht hörte ich auf, zu schreiben, denn mein Handgelenk tat mittlerweile weh. Stattdessen faltete ich den ersten Zettel immer kleiner und holte die übrig gebliebenen Teddys hervor. Ich nahm einen in die Hand und trennte vorsichtig an einer Stelle an seinem Bauch noch einmal die Naht. Ich verschaffte mir etwas Raum, dann steckte ich den ersten Brief hinein. Ich schloss die Naht mit einem Faden, machte eine dicke auffällige Schleife. Und das immer wieder.

Am nächsten Tag verteilte ich die präparierten Bären an Orten, die für Henry und mich stets einen verdammt hohen Stellenwert hatten. Einen setzte ich sogar auf das Grab von seiner Mutter, als ich ihr frische Blumen brachte. Ein Strauß mit einem Rosenkranz lag bereits neben dem Grabstein. Ein Kärtchen steckte etwas versteckt zwischen den Blüten. Ich setzte meinen Bären direkt dazu.

Dann klingelte ich mit George bei engen Freunden und der Familie an und gab ihnen jeweils einen Teddy, in der Hoffnung, sie könnten den Bären Henry überreichen, falls er unerwartet doch noch irgendwo auftauchte. Viele sahen mich währenddessen mitleidig an und fanden die Teddys albern und überflüssig.

»Wir können ihm deine neue Adresse doch auch einfach mitteilen!«, fielen sie mir ins Wort.

Damit hatten sie natürlich nicht unrecht, aber sind wir doch mal ehrlich, alle lieben im Grunde ihres Herzens Teddys, sie waren doch viel romantischer. Ich hatte das Gefühl, dass einige dachten, jetzt wäre ich völlig übergeschnappt. Ich weiß es nicht genau, aber ihre Blicke verrieten fiel. Einige Verwandte begannen, mir gleich gut gemeinte Ratschläge zu geben, mit dem Tipp: Loszulassen und mich lieber mit Freundinnen zu amüsieren, um auf andere Gedanken zu kommen, als Teddys zu nähen und zu verteilen. Ich wusste, es war nicht böse gemeint, aber ich wäre nicht ich, wenn ich meinem Herzen nicht gefolgt wäre und stattdessen ihnen vertraut hätte. Wir waren überall umgeben von Magie und Energie, aber man musste sie wahrnehmen. Die Bären erhielten auf alle Fälle jede Menge Aufmerksamkeit und sorgten für reichlich Gesprächsstoff innerhalb der Familie, im Freundeskreis und auch so. Also besaßen sie mehr Kraft, als alle ahnten und vielleicht auch ein wenig Magie, um Henry in meine Arme zu führen. Wie auch immer. Er hatte so die Chance, die Schleife zu lösen, um meinen Brief zu finden. Ich dachte mir, vielleicht wollte das Universum ja sehen, wie viel Mühe ich mir gab und wie ernst es mir mit Henry immer noch war. Nun gut, vielleicht war alles unsinnig und paradox, aber letztlich konnte es keiner wirklich wissen. Ich wollte zumindest nichts unversucht lassen und war mir sicher, wenn das Universum an uns und unsere Liebe genauso glaubte, wie ich, würde es für uns arbeiten und uns wieder zusammenführen.

Liebe findet einen Weg …

♥

Liebes Universum,
hilf mir,
dass sich meine tiefsten Träume erfüllen
und ich mit Liebe und Zuversicht
meine letzten Jahre
mit ihm verbringen darf.
Ich gebe nicht kampflos auf.

♥

Henry

Früh am Morgen lief ich aus dem Haus. Ich setzte mich an den Sandstrand und sah auf das ruhige Meer. Kleine Wellen strömten auf mich zu. Emma näherte sich mir. Sie hockte sich zu mir und schaute sich mit mir den Sonnenaufgang an.

»Pierre hatte gestern Abend lange telefoniert. Konntet ihr etwas über mich in Erfahrung bringen?«, fragte ich.

»Nein, leider nicht. Ich muss dich wieder enttäuschen.« Emma sah mich mitfühlend an.

Nachdenklich sah ich zu den mächtigen Felsen in der Ferne. Die Sonne war bereits aufgegangen und schien aufs Meer. Ich erzählte Emma alle Erinnerungen, die mir zuvor in der Nacht eingefallen waren. Mit einem dünnen Zweig malte ich währenddessen ein kleines Herz in den Sand. Als ein paar Algen vom Meer angespült wurden und vor meinen nackten Füßen am Ufer strandeten, richtete sich Emma wieder auf.

»Du musst sie finden. Ich kann eure starke Verbindung bei jedem Wort, das du sagst, spüren. Ich kann die Liebe durch deine Zeilen, die du schreibst, fühlen. Sie ist der Schlüssel, um das Geheimnis deiner Vergangenheit zu lüften. Wenn du von ihr erzählst, leuchten deine Augen, deine Mundwinkel verändern sich. Du schmunzelst und strahlst jedes Mal. Man merkt, wie viel Gefühl euch verbindet und welch eine Kraft dahintersteckt. Eure Herzen sind eins. Ihr gehört zusammen, wenn nicht ihr, wer dann? Henry, ich habe dich sehr gern, aber du gehörst nicht auf Dauer hier her. Dein Platz ist an ihrer Seite, da bin ich mir mehr als sicher. Ich helfe dir heute weiter und wir nehmen erneut Kontakt zu den Herstellern und Verkäufern der Spieluhren auf. Die hölzerne Rose könnte der Schlüssel sein, Agnes zu finden. Ich mache uns jetzt Frühstück. Pierre und Pascal sind auch schon wach.«

Emma blickte in die Weite, dann auf mich herab und ich nickte ihr zu. Ich blieb noch ein Weilchen sitzen und beobachtete das ruhige Meer, dann sah ich zu einem kleinen Ruderboot, das linksseitig, einige Meter entfernt, zwischen zwei Bäumen im Sand steckte. Eine neue Erinnerung verschaffte sich Raum.

Fröhlich setzte ich mich neben Agnes, die auf dem Rücken im Sand lag. Die Sonne schien ihr ins Gesicht. Sachte streute ich Sand auf ihren von der Sonne aufgewärmten Körper. Sie blinzelte und lachte. Verträumt legte ich mich auf ihren heißen Leib. Ich spürte den feinen Sand auf ihrer zarten Haut, eine leichte Brise auf meinem Rücken, ich hörte das Rauschen des Meeres und flüsterte: »Liebe ist. Sie entsteht.

Sie sucht sich ihren Weg, ob man will oder nicht. Liebe fragt nicht. Sie ist da, wird stärker oder schwächer, aber während sie da ist, ist es wunderschön!«

Wieder spürte ich unsere tiefe Verbundenheit, Emma hatte recht. Wir waren wie zwei Seiten einer Münze. Vielleicht auch ein wenig wie Feuer und Wasser. Einerseits gegensätzlich, andererseits völlig gleich. Ich musste sie finden. Sie war einfach der Schlüssel zu meinem Glück.

Ich stand auf und lief zurück zum Haus. Überall brannte mittlerweile Licht und Pierre und Pascal saßen bereits am Frühstückstisch und begrüßten mich. Ich setzte mich ungeduldig dazu und war froh, als ich schließlich kurze Zeit später mit Emma allein war. Ich holte Pierres Liste hervor und Emma rief weitere Händler an. Sie übersetzte mir nach den Telefonaten alles, schrieb sich neue Telefonnummern von anderen Geschäften und Herstellern auf. Ich war so froh, dass sie nicht nur fließend Französisch, sondern auch Deutsch sprach.

Am späten Nachmittag hatten wir zwar immer noch keine Spur, aber konnten uns zumindest sicher sein, dass die goldene Rose aus meiner Erinnerung tatsächlich nicht aus Frankreich stammte.

Am Abend klopfte Emma gegen meine Tür. »Schläfst du schon?«, fragte sie leise.

Doch ich saß noch am Schreibtisch und schrieb meine Gedanken auf. Sie kam herein und holte ihre Staffelei. Sie stellte sie auf die hell beleuchtete Terrasse. Ich schaute aus dem Fenster und ihr dabei zu. Die Terrasse befand sich direkt vor dem Atelier. Emma arbeitete mit Gips auf der Leinwand, dann ließ sie reichlich Farbe fließen.

Ich schloss meine Augen und sah mit dem Herzen.

Ich eilte in Gedanken die Treppe hinab. Agnes stand in ihrer blauen Latzhose vor einer Staffelei und malte ebenfalls. Im Gesicht hatte sie kleine Farbspritzer. Ich schmunzelte, denn sie sah süß aus.

»Das hier, mein Schatz, ist der Wahnsinn! Kein Picasso, aber ganz klar ein Wunderwerk«, rief sie mir freudig zu.

Sie tauchte den Pinsel in einen ihrer Farbtöpfe, dann drehte sie sich erneut zu mir um.

»Wenn ich auf dieses Bild sehe, dann komme auf die verrücktesten Ideen. Es ist richtig gut! Ich bin begeistert! Schatz, siehst du, was ich meine?«

Agnes' Augen strahlten. Schwungvoll warf sie ihren Pinsel auf das Zeitungspapier, das ausgebreitet auf dem Fußboden lag. Dann zog sie sich aus. Ich beobachtete sie und grinste. Sie bückte sich, stellte zwei kleine Töpfe mit Farbe vor sich hin und öffnete die Deckel. Etwas

Farbe tropfte auf das Zeitungspapier. Ein wunderschöner roter und ein schneeweißer Farbton kamen zum Vorschein. Vorsichtig steckte sie ihre Finger in die kleinen Öffnungen der Dosen. Sie stand auf, streichelte gefühlvoll mit ihren Fingern über ihre Brust. Ich sah die Farbe an ihrem Körper, die Kunst, die sich dahinter verbarg.

»Du, meine Muse, bist das Abbild eines Engels, so wunderschön, so rosarot.«

Ich tauchte meine Finger in beide Farbtöpfe. Lachend legte ich meine Hände liebevoll auf ihren Körper. Ich atmete bewusst, ich spürte, wie die Farbe zwischen meinen Fingern an Agnes hinunterlief. Sie zerfloss auf ihrer Haut. Ich sah Figuren, die sich auf ihrem Körper bildeten, als ich langsam die Farben ineinander und miteinander vermischte. Ein wundervolles Lächeln lag auf ihrem hübschen Gesicht, als ich ihr Kinn mit meinen Händen zu mir zog, um sie zu küssen.

Ich blickte auf, verließ das Atelier und lief nach draußen. Piere saß rauchend auf einer Bank und sah mich mit Emma überrascht an.

»Sie ist eine Künstlerin, so wie du, Emma. Deshalb kam mir das Atelier auch von Anfang an so vertraut vor.« Ich setzte mich zu Pierre auf die Bank und schlug nachdenklich die Hände über mein Gesicht. Leise flüsterte ich: »Mein Herz brennt jeden Tag wie Feuer. Schreiend hüpft es erst vor Glück in den Himmel, dann direkt tief in die Hölle. Es blieb erst gerade wieder auf den Spitzen des Dreizacks des Teufels stecken und zersprang schließlich in tausend Teile, die glühend davonflogen, bis sie an den steinigen Wänden erloschen. Diese Einsamkeit, diese schönen Erinnerungen und nicht zu wissen, wo ich herkomme, foltern mich. Hin und wieder erfüllen sich Träume. Ab und zu gibt es im Leben ein Happy End. Ich muss sie finden.«

Ich wusste in diesem Augenblick: Im Leben wird dir nichts geschenkt, du musst dafür hart arbeiten, aber zu sehen, was sich daraus ergibt, ist das schönste und größte Geschenk. Emma setzte sich wortlos zu mir, sie nahm mich in den Arm.

Agnes

Heute besuchte ich erneut die Tanzschule, um mich abzulenken. Dieses Mal fuhr ich mit dem Fahrrad, denn durch jede Menge Sport schaffe ich es, meine Gefühle zumindest ein wenig zu ordnen und meine tiefe Sehnsucht ein wenig zu unterdrücken. Auf dem rostigen Gepäckträger lagen meine Hand- und Sporttasche. Immer schneller trat ich in die Pedale, ich umklammerte die Griffe meines Lenkers. Von Weitem sah ich schon das bunte auffällige Haus. Ich hielt an, wickelte meine Fahrradkette um den Ständer und steckte sie durch die Speichen des Rades.

Ich ging zügig durch die Tür und in den Flur der Tanzschule. Überall hörte ich Musik. Tanzlehrer forderten ihre Schülerinnen und Schüler hart. Eine Gruppe für klassisches Ballett und eine für Jazz Dance trainierten an diesem Mittag.

Ich öffnete den dritten, leeren Saal und legte eine Schallplatte auf. Die Musik begann zu spielen und ich lauschte den Melodien, um sie zu verinnerlichen und tänzerisch interpretieren zu können. Überall blickte ich auf Spiegel, die mir den Zauber meiner Leidenschaft zurückwarfen. Ich hockte mich barfuß in die

Mitte des riesigen Raumes und schloss meine Augen. Die Musik strömte wie der Fluss des Lebens durch meine Adern. Kraftvoll streckte ich beide Hände zur Decke. Im Rhythmus zur Musik stand ich auf. Als der Bass der neuen Melodie wie eine Explosion aus den Boxen strömte, drehte ich mich geschwind über das Parkett. Ohne Pause tanzte und sprang ich Schritt für Schritt, als stünde ich auf einer Bühne. Filigran bewegte ich meine Arme. Meine Beine kreuzten sich, öffneten sich und schlossen sich wie von selbst. Hoch konzentriert ließ ich meinen Gefühlen freien Lauf. Es war wie ein Tanz meiner verletzten Seele. Selbst kreierte Choreografien ließen mein Herz immer höherschlagen.

Ich forderte Höchstleistungen von mir. Tanzen war das Tor zum Glück. Mein Herz war weit geöffnet und ich lauschte der Musik. Jeder Klang war wie eine Melodie Gottes. Zart, kraftvoll, wild oder spielerisch spürte ich die versteckte Energie, die dahinter verborgen lag. Ich fühlte meine bedingungslose Liebe, die stets durch das Tanzen aufloderte. Wie ich schon als Kind mit grenzenloser Begeisterung in einer roten Baumwollstrumpfhose vor meinen Verwandten getanzt hatte, tanzte ich auch jetzt mit voller Leidenschaft weiter.

Aus meinem Herzen strömten die verschiedensten Zeitdimensionen. Alles prallte aufeinander. Die Vergangenheit, die Gegenwart und die Zukunft sprudelten und vermischten sich in meinen Gedanken. Während ich mich über das Parkett bewegte, schloss ich meine Augen.

Ich sah mich mit Henry glücklich über ein Feld laufen und schaute auf diese riesige weiße Plane. Damals wusste ich nicht, was er mit mir vorhatte, aber als ich unsere Freunde und Bekannte sah, die auf mich zuliefen, wurde mir klar, dies war eine seiner Überraschungen. Die Sonne schien vom Himmel und ich fragte mich, warum alle bis drei zählten, dann zogen sie gleichzeitig die Plane zur Seite. Ballons stiegen in die Luft. Es schien mir, als bestände der Himmel nur noch aus roten Herzen, die in die große weite Welt getragen wurden. Lange schaute ich Henrys Herzen nach, seinen Liebesbeweisen, die in die Ferne flogen.

Erst später fiel mir ein einziger, einsamer Ballon auf, der auf der Erde zurückgeblieben war. Er flog langsam über das Feld. An ihm hing ein Umschlag. Ich strahlte, lief ihm nach.

Ich möchte nicht wissen, wie dumm ich an diesem Tag ausgesehen hatte, als ich dem Ballon hinterherrannte, der vom Wind durch die Lüfte getragen wurde. Kaum dachte ich, ich könnte ihn fassen, flog er weiter, bis es endlich so weit war. Etwas unbeholfen griff ich dann doch noch nach dem langen Band, das fast unlösbar mit einem Knoten am Luftballon befestigt war, und hielt es fest.

Neugierig öffnete ich den Briefumschlag. Darin steckte ein Schlüsselanhänger mit einem

Schlüssel. Es war ein silbernes Herz, das mit dunkelroten funkelnden Steinen übersät war. Siegessicher hielt ich den Schlüssel hoch. Im Briefumschlag lag noch ein Zettel. Aufgeregt las ich vor:

♥

»Liebe Agnes!
Ich hoffe, du erinnerst dich, als wir uns vor einiger Zeit in einer Sommernacht wie kleine Ferkel im Dreck gesuhlt haben.

In dieser Nacht gab ich dir mein Wort. Heute möchte ich, dass sich einer unserer Träume erfüllt. Dies ist nicht der Schlüssel zu meinem Herzen, denn dieses Schloss hast du bereits vor Jahren geknackt. Nein, es ist der Schlüssel zu einer kleinen Kiste, in der bald unser Glück steckt. Lass dich überraschen! Ich liebe dich! Dein Henry«

♥

Unsere Lieben jubelten. Henry fiel vor mir auf seine Knie und nahm dabei meine Hand, um sie zu küssen. Ich blickte in Henrys liebevolle Augen und fühlte, wie er über meinen Handrücken strich.

Ich blieb stehen. Ein dunkler Schleier legte sich um mein Herz. »Henry, wo bist du nur? Was ist passiert?« Ich schluchzte.

Ich wollte meine Gedanken ordnen, meinen Verlust verdrängen. Verschwitzt und erschöpft setzte ich mich auf einen aufklappbaren pinken Metallstuhl, der direkt neben der Musikanlage stand. Mit meinem Handtuch tupfte ich mir den Schweiß aus dem Gesicht und schaute auf die Spiegelwand. Ich überlegte:

Wenn man mich heute fragt, was Glück für mich bedeutet, kann ich nur sagen: Glück bedeutet, zu wissen, dass man angekommen ist. Angekommen in den Armen eines Menschen, der dir zeigt, was wirklich im Leben zählt. Kein materieller Konsum schafft es, dich wahrhaftig glücklich zu machen. Du musst die Leidenschaft und die Hingabe in deinem Herzen spüren. Ich fühle diese Energie, diese Leidenschaft. Ich spüre sie auch, während ich tanze und mich bewege. Ich spüre sie, wenn ich den Sonnenuntergang sehe oder zwei Menschen, die sich umarmen und sich lieben. Dann entfacht in mir das Feuer des Lebens. Nur ein Mensch hat es je geschafft, mich in meiner Seele wahrhaftig zutiefst zu berühren.

Ich stand auf. Eilig machte ich mich auf den Weg zu den Duschen. Mein Herz sprang dabei heftig gegen meinen Brustkorb. So, als wollte es mich verlassen, um durch die Welt zu fliegen und um Henrys Herz zu finden. Mir wurde etwas mulmig. Ich hatte wenig gegessen, in letzter Zeit etwas an Gewicht verloren. Der Verlust nagte wie der Zahn der Zeit an mir.

Ich zog mich an und machte mich auf den Weg zu George, in der Hoffnung, endlich mal etwas Neues zu erfahren.

♥

Schöne Dinge kann man nicht vergessen,
man will sie zurück.

♥

Svea

Ich blickte mich um und dachte nach. Vor ein paar Stunden erst hatte mir Frau Breder ihren Schlüsselanhänger, so dachte ich, in die Hand gelegt, um dieses Haus zu öffnen. Jetzt erfuhr ich, er gehörte Agnes und Henry Reith. Da ich die Geschichte aufmerksam gelesen hatte, war mir direkt aufgefallen, dass Agnes den Schlüsselanhänger vor vielen Jahren von Henry zum Geburtstag bekommen hatte. Das fremde Haus, in dem ich saß, hatte Henry also bereits geplant, bevor er verschwand. Es war sein Geschenk, ein Liebesbeweis, ein Haus, in das sie beide irgendwann nach ihrer Hochzeit ziehen sollten.

Der Schlüsselanhänger, den ich für einen Bruchteil einer Stunde in Händen hielt, bevor Frau Breder ihn zurücknahm, war also auch ein Teil des Ganzen. Das Haus, der Teddy, die hölzerne Rose, alles beherbergte eine eigene Geschichte in sich und verdeutlichte mir noch einmal, dass alles im Leben auf die ein oder andere Weise miteinander verbunden war.

Henry

In Deutschland fanden wir endlich einen Händler, der auf Wunsch hölzerne Rosen als Spieluhren herstellte. Es war ein Laden im Ruhrgebiet. Ein Familienbetrieb, der ab morgen ausgerechnet erst einmal drei Wochen Urlaub machte. Der kleine Laden, so erklärte mir der Verkäufer, hatte sich bereits vor einigen Jahren schon auf Spieluhren aller Art und Holzartikel spezialisiert. Ich schrieb mir die Adresse auf und trug sie seitdem immer bei mir. Ich entschied, sofort nach der Urlaubszeit nach Deutschland zu fahren, um der heißen Spur zu folgen und dem Verkäufer persönlich einen Besuch abzustatten. Denn vielleicht, so hoffte ich, würde er mich wiedererkennen. Am Telefon wollte er mir über seine Daten keine Auskunft erteilen, weshalb auch? Er wollte seine Kunden schützen. Aber wenn die goldene Rose eine Extraanfertigung für meine Agnes gewesen war, erkannte er mich vielleicht vor Ort wieder. Im besten Fall hatte er dann eine Telefonnummer oder einen Nachnamen für mich, wenn ich ihm von Mann zu Mann meine verrückte Geschichte in Ruhe erzählen würde. Jeder Mann, der wusste, was wahre Liebe bedeutete, würde schließlich Himmel und Hölle in Bewegung setzen und alles dafür tun, um seine große Liebe wieder in den Armen halten zu können. Da war ich mir mehr als sicher und in diesen Momenten, hielten Menschen zusammen wie Pech und Schwefel, denn nichts war mächtiger als dieses starke Gefühl der Verbundenheit. Alle anderen Floskeln, wo keine Taten folgten, waren in meinen Augen einfach nur dumme Schwätzereien.

Ich setzte mich vor Emmas Schreibtisch und schrieb drauf los. Das leere Blatt vor mir füllte sich:

Jeden Tag würde ich um deine Liebe kämpfen. Ich würde dich verteidigen, alle Kämpfe gewinnen und ich würde für dich sterben.

Eine neue Erinnerung überfiel mich wie eine Büffelherde auf der Flucht. Sektgläser standen auf dem Rand einer schaumgefüllten Badewanne. Sprachlos schaute ich auf die vielen Kerzen, die im Badezimmer flackerten und es in geheimnisvolles Licht tauchten. Ich zog mich aus und trat in das heiße Wasser. Der Stress des Alltags verschwand. Ich setzte mich auf den Rand der Wanne. Ich spürte Agnes' Arme, die sich sorgsam um meine Schultern legten, das warme Wasser an meinen Waden, den Schaum an meinen Knien. Ich konnte fühlen, wie wir beide damals zufrieden und lachend in das warme Wasser plumpsten. Es schwappte dabei über den Rand der Wanne auf die Fliesen und verteilte sich im ganzen Raum. Dabei löschte es mit einem Mal einige Teelichter, die auf dem Boden brannten. Ich hörte ihre Stimme, heute wie damals, als sie auftauchte. »Kuss! Aber einen, wobei uns der Atem stockt!«

Ich rieche seit neustem täglich den süßen Rosenduft ihres Parfums und erinnere mich, wie ich Rosenblätter nahm und als Herz um Agnes legte. Wir setzten uns auf den Boden. Vorsichtig träufelten wir Rosenöl auf unsere nackten Körper, gaben uns die Hände. Manchmal tropfte ein wenig Öl zu Boden, wenn wir es gegenseitig auf unseren Körpern verteilten. Wir waren wie verzaubert. Rosenduft lag im ganzen Raum.

»Du bist alles für mich und noch viel mehr«, flüsterte ich ihr leise zu.

Lächelnd legte mich Agnes auf den Boden. Mit Schwung setzte sie sich auf mich und hielt meine Hände fest.

»Reite mich! Sei mein Jockey!«, sagte ich albern. Ihre Haare kitzelten mich im Gesicht. Ich warf uns um.

»Zügel mich! Brems mich, sonst garantiere ich für nichts«, sagte Agnes zum Spaß.

Ich schnappte sie mir erneut, doch sie riss sich los und grinste. »Henry! Bereit für ein Abenteuer? Komm schon!«

Was haben wir gelacht. Wir waren so verrückt. Dann sprangen wir ins Bett.

Ich öffnete meine Ledermappe und holte meine Texte und den Brief von Agnes hervor. Ich nahm den Brief und hielt ihn fest. Ich machte eine Faust und drückte das alte Papier zusammen, dabei stieß ich an meine Mappe. Meine Zeichnungen von Agnes flatterten zu Boden. Ich hob die Blätter auf, legte sie nebeneinander und schaute sie mir lange an. Sie verschwammen auf mysteriöse Weise vor meinem inneren Auge miteinander. Zum ersten Mal sah ich Agnes vollkommen klar auf dem Papier. War es vor Verlangen? Vor Liebesentzug? Ich konnte es selbst Emma und Pierre schon seit Tagen nicht erklären. Sie verstanden nicht, was ich meinte. Dieses Gefühl machte mich völlig fertig. Meine Emotionen verselbständigten sich mit einer Macht, auf die ich selbst nicht gefasst war und erst recht keinen Einfluss hatte. Immer stärkere ungeahnte Kräfte erwachten in mir. Ich erkannte mich nicht mehr wieder. Ich holte einen Bleistift und ein neues Blatt Papier und ich zeichnete einfach drauf los.

Ich dachte dabei an meinen Geburtstag. Agnes weckte mich mit einem riesigen Schokoladenkuchen. Kleine Kerzen brannten darauf und sie sang: »Happy Birthday to you, happy Birthday, lieber Henry, happy Birthday to you …

Ich pustete die Kerzen mit einem Atemzug aus. Agnes stellte den Kuchen auf meinen Nachttisch und ich umarmte sie. Ich sah sie an, ihr verdammt tief in die Augen. Nicht nur die Kerzen brannten, auch mein Herz tat es. Es brannte lichterloh.

Ich schaute zu Emmas Schreibtisch, auf das fertige Bild. Mir stockte der Atem, das war sie und wie sie das war. O Gott, endlich! Ich hätte niemals gedacht, dass ich so zeichnen könnte. Mein Herz raste schneller, meine Augen füllten sich mit Tränen, so verzaubert war ich. Endlich war ich nach Monaten halbwegs in meiner Vergangenheit angekommen und somit dieser Wahnsinnsfrau ein Stück näher.

Ich zählte ungeduldig die Tage, bis das kleine Geschäft in Schwerte wieder
öffnete.

♥

Eines Morgens fuhr ich mit Pascal in seinem Bully in Richtung Paris. Im Gepäck zwei Werkstücke, die an einen guten Kunden ausgeliefert werden sollten. Pünktlich angekommen, brachten wir erst die Kommode und dann das frisch aufgearbeitete Sideboard in ein älteres Steinhaus. Das Haus befand sich etwas abgelegen in einem Waldgebiet, in dem die verschiedensten Arten von Nadel- und Laubbäumen wuchsen. Ein idyllischer Fluss floss parallel zur Straße. Das Grundstück war abgezäunt und im Vorgarten wuchsen jede Menge weiße Rosensträucher vor einer Hecke. Gleich fiel mir der einzigartige Baustil dieses älteren Hauses auf. Die weiße Farbe der Rosenblüten und des Zauns schmeichelte der Fassade. Alles war gut aufeinander abgestimmt. Ich wunderte mich, mit welch einem geschulten Auge ich ganz plötzlich dieses Objekt betrachtete und inspizierte. Während Pascal noch einige neue Aufträge mit dem Kunden besprechen wollte, nutzte ich die Zeit, um mich weiter umzusehen. Die kleinen Räume waren für die Größe außerordentlich gut geschnitten. Die Wände schienen komplett aus Naturstein und der Kunde verriet mir zwischendurch, während seines Gesprächs mit Pascal, dass sein Gebäude vor vielen Jahren auf einem Schieferfelsen erbaut wurde. Als wir das Esszimmer betraten und uns setzten, fiel mein Blick direkt im Vorbeigehen auf eine alte Gitarre, die an einer Wand lehnte. Mein Herz pochte schneller. Ich musste immer wieder zu ihr zurücksehen. Ich streifte nachdenklich über meine Stirn. Ich fühlte, dass sie sich durch mein Grübeln in Falten gelegt hatte, doch dann stieg Agnes mir endlich zu Kopf.

Ich streckte ihr eine Gitarre entgegen. »Hier, du hast schon so lange nicht mehr gespielt, fang wieder an.«

Wir setzten uns auf eine Ledercouch. Ich legte meinen Arm zärtlich um ihre Schultern und zog sie näher zu mir heran. Sie berührte mit ihrer Schläfe meine Wange.

»Wirklich? Es ist lange her …«, fragte sie etwas verlegen.

»Egal, so etwas verlernt man doch nicht.«

Agnes grinste, sie schlug ihre Beine übereinander und stimmte die Gitarre, dann ließ sie ihre Finger über die Saiten streifen. Ich streichelte über Agnes' Oberschenkel, während sie spielte.

»Du bist verrückt und durchtrieben«, flüsterte sie dabei in mein Ohr.

»Selbst!« Ich lachte.

Agnes schloss ihre Augen.

♥

Menschen mit viel Gefühl
gehen in ihren Melodien,
die sie spielen,
völlig auf ...

♥

Begeistert wippte ich mit dem Fuß. Endlich konnte auch ich abschalten. Ideen sprudelten, meine Fantasie sprengte Grenzen. Ich hörte Agnes' summen. Sie hatte wie ich die Gabe, sich in viele Situationen einfach fallen zu lassen. Einen Moment intensiv zu spüren, ihn zu erleben, dies war für sie manchmal nicht einfach, aber auf der anderen Seite auch ein wahrhaftiges Geschenk für uns. Ich schloss meine Augen ebenfalls, legte meinen Kopf auf die Lehne der Couch und winkelte meine Beine an. Mit einer Hand hielt ich Agnes' Knie fest. Meine Hand rutschte dabei mit Absicht in ihren Schoß. Sie lachte und legte meine Hand gleich wieder zurück auf ihr Knie, dann begann sie, laut zu singen. Allein mit ihrer Stimme, ihrer Hingabe, ihren Worten und einem alten Musikinstrument, schaffte sie es, mich in diesem Moment zu fesseln und mich zum Lachen zu bringen.

»Los sing mit!«, feixte sie.

»An mir ist ganz klar kein Sänger verloren gegangen. Nicht böse sein«, verriet ich. Schmunzelnd griff ich nach der Gitarre und legte sie zur Seite. Dabei berührten sich unsere Lippen wie durch Zufall.

Ich schmunzelte noch im gleichen Augenblick, als der Kunde und Pascal vom Tisch aufstanden. Ich sah zu ihnen auf und machte es ihnen nach. Ich riskierte im Vorbeigehen einen letzten Blick auf das braune Holzinstrument, während wir das Haus verließen, zurück zum Bully liefen und in den Wagen einstiegen. Pascal zündete den Motor. In meinem Kopf begann währenddessen, ein gewaltiges Osterfeuer zu knistern …

Überall um mich herum spielten Kinder. Wir Erwachsene standen in dicken Steppjacken vor dem gewaltigen Feuer und wärmten uns an ihm auf. Plötzlich steckte ich wieder Mettwürstchen auf spitze Stöcke und gab sie an andere Menschen weiter. Wir alle hielten den langen Stiel in die Flammen und halfen den Kindern, dies auch zu tun. Agnes zückte ihre

Gitarre, auf der eine lachende Sonne klebte, vor meinen Augen. Ich beobachtete sie und meine Gesichtszüge lockerten sich. Ich sang aus Leibeskräften mit der Menge mit.

Ich schaute auf das Lenkrad. Pascal bog nach rechts ab. *Ich und singen?* In diesem Moment konnte ich mir nicht vorstellen, dass ich in meinem bisherigen Leben tatsächlich jemals gesungen hatte, aber meine Erinnerungen belehrten mich nun eines Besseren.

♥

Manchmal muss man anscheinend
einfach seinen inneren Schweinehund
überwinden, um zu merken, dass man
ansonsten viel im Leben verpasst.
Wenn du es dann schaffst,
fühlst du dich gut.
Richtig gut.
Es ist, als fällt dir ein Stein
von der Brust
und eine Last von den Schultern.

♥

Wir fuhren dem Kunden hinterher in den Nachbarort. Während sich Pascal mit dem Großkunden allein auf den Weg zu seinem Büro machte, um sich einem Schreibtisch seines Mitarbeiters zu widmen, blieb ich im Wagen zurück. Ich stieg aus und sah mir alles an. Erst blieb ich in der Nähe unseres Fahrzeugs, schlenderte dann aber voller Neugier einfach mal durch ein paar Nebenstraßen. Ein Zirkusplakat klebte an der Tür eines kleinen Ladenlokals. Ich blieb davor stehen, denn der Zylinder des Zirkusdirektors weckte in mir ein tiefes Gefühl. Eine wertvolle Erinnerung aus vergangenen Zeiten raste erneut durch meine Gedanken, meinen Körper und befeuerte schlagartig mein Herz.

»Glück zu sehen, bedeutet, es auch fühlen zu können!«

Agnes stand in einem schwarzen Korsett mit schwarzer Strumpfhose, knallroten High Heels, einer langen Kette aus großen feuerroten Perlen und einem schwarzen Zylinder auf dem Kopf vorm Spiegel. Den Zylinder hatte sie mit einem roten Band geschmückt. In ihren Händen trug sie einen langen schwarzen Seidenschal. Verführerisch lächelte sie mich an und flüsterte mir zu: »Augen schließen! Haben Sie Ihre Sinne bereits in der Dunkelheit gespürt?«

Ich antwortete mit einem Lächeln: »Mach doch einfach das Licht aus, dann ist es dunkel genug!«

Sie nahm meine Hand. »Ach Henry, sei kein Spielverderber, das ist doch nicht dasselbe. Ist dir noch nie aufgefallen, dass du nach einigen Sekunden wieder etwas sehen kannst, nicht viel, aber ein wenig? Ich will, dass du mir vollkommen vertraust.«

Sie legte ihren schwarzen Seidenschal gefühlvoll über meine Augen. Dann zog sie ihn an meinem Hinterkopf fest und machte einen Knoten. Sie drehte mich ein paar Mal im Kreis, dann flüsterte sie: »Öffne deine Augen! Im Leben kommt es nicht darauf an, dass man einen Weg gemeinsam geht. Es kommt darauf an, wie man ihn geht. Nur wenn beide Herzen kräftig füreinander schlagen, wird die Liebe halten in guten wie in schlechten Tagen. Berühre dein Umfeld, finde mich! Folge deinem Herzen!«

Damals schmunzelte ich und tat, was sie mir sagte. Ich suchte sie mit meinen Händen, in dem für mich stockfinsteren Raum. Meine Finger ertasteten meine Umgebung.

Aus der Nähe flüsterte Agnes: »Trainiere deine Sinne! Höre auf dein Herz! Folge ihm, wie im wahren Leben.«

»Ich höre einen Stuhl, der verrückt wird, leise Musik, den Klang eines Glases, das man auf den Tisch stellt.«

Sie summte und ich wusste, ich kam auf sie zu. Ich folgte der Melodie ihrer Stimme. Meine Finger streiften an ihrer Schulter entlang. Sie nahm wortlos meine Hand. Behutsam küsste sie mich. Sie zog mich näher heran und führte mich durch den Raum. Ich umarmte sie. Sie bewegte mich weiter. Ich folgte ihr. Dann blieb sie ruckartig stehen.

Agnes gab mir ein Glas in die Hand. Das Wasser sprudelte wie Perlen auf meinen

Lippen, noch bevor ich an dem Glas nippen konnte. Ich hustete. »Ich habe etwas fallen gehört, dein Zylinder?«

Sie nahm meine Hand erneut. »Deine Hand zu halten, schenkt mir Kraft, wenn im Außen alles auseinanderklafft. Wenn das Schicksal sich als mein Begleiter brüstet, sich deine Stärke als Gegner mit meiner rüstet. Lass dich fallen, lass dich richtig fallen. Vertraue mir«, flüsterte sie mir ins Ohr.

Sie legte ihre Lippen sanft auf meine. Unsere Zungen ergaben sich dem Duell der Lust. Ich ertastete den Verschluss ihres Korsetts und öffnete es Stück für Stück. Sie löste den Knoten des Seidenschals. Er fiel zu Boden und ich sah ihr glücklich in die Augen.

Ich hörte eine fremde Stimme. Eine Frau sah mich an und wiederholte sich: »Puis-je vous aider? Quatre photos d'identité sont en vente!«

»Ein Passfoto?« Ich sah mich um und erkannte durch die vielen Fotos im Schaufenster, dass ich bereits minutenlang zufällig vor dem Eingang eines Fotoladens stand.

Ich steckte meine Hand in die Hosentasche und zückte spontan mein Trinkgeld, das ich gerade erst von Pascals Kunden bekommen hatte. Die blonde Frau strahlte und bat mich herein. Ich streifte durch mein Haar, um es wenigstens etwas zu bändigen und zu glätten, als ich mich im Spiegel sah, schließlich war ich nicht vorbereitet. Dann setzte ich mich.

Wir unterhielten uns kurz und die junge Frau zückte dabei die Kamera, die vorher noch starr auf ihrem Stativ steckte. Sie drückte auf den Auslöser. In der Hoffnung, dass ich Agnes mit diesem Foto bald überraschen könnte, zeigte ich ihr mein schönstes Lächeln. Hin und wieder wechselte ich minimal die Positionen, als mir die junge Frau ein Handzeichen gab. Bald war es geschafft. Die Fotografin lief eilig in ihre Dunkelkammer und entwickelte sofort meine Bilder, da ich ihr vorab bereits erklärt hatte, dass ich nur auf der Durchreise wäre. Es dauerte ein wenig, aber als die Bilder fertig waren, lief ich mit ihnen stolz zurück zum Bully. Pascal war zum Glück noch nicht da, ich steckte die Fotos in meine Innentasche der Jacke und machte den Knopf zu. Etwa fünfzehn Minuten später fuhren wir zurück zur Tischlerei.

Am Abend holte ich die Fotos hervor. Ich sah sie mir an und hoffte, dass ich Agnes noch immer gefiel. Ich drehte ein schwarz-weiß Bild um und schrieb auf die Rückseite:

Je t'aime

Mit einem guten Gefühl steckte ich das Foto in mein Portemonnaie. Die weiteren Bilder legte ich einfach zur Seite …

Agnes

Fast wöchentlich wechsele ich die Bären aus, doch von Henry kommt keine Antwort. Es fehlt noch immer jede Spur. Immerzu hole ich meine Briefe aus den Teddys. Ab und zu sind sie durch den Regen regelrecht durchnässt. Manchmal sehen sie aus, als hätte ich sie gerade erst geschrieben. Einmal kam mir eine dicke Kellerassel entgegen, als ich einen Brief herauszog und ihn öffnete. Hin und wieder sind die Bären auch einfach verschwunden.

Vielleicht ist meine Idee nicht die richtige, aber alles ist wie Lotto spielen. Genau dann, wenn du aufhörst, stehst du kurz davor zu gewinnen. Also mache ich weiter.

Jeden Montag sitze ich nun an meinem Schreibtisch und schreibe die gleichen Zeilen. Die Zeit vergeht. *Universum, arbeite schneller!*

Ich suche weiter und ich schreibe weiter. Irgendwann wird er mich oder meine Botschaft finden. Ich gebe nicht auf.

Jeden Tag träume ich von einer heilen Welt. Ich sehe Henry in meinen Gedanken, er lebt einfach in meinem Herzen …

Henry

Eines Abends war es wieder so weit. Agnes' Augen zogen mich magisch in ihren Bann. Ich fragte mich, während ich aus dem Fenster schaute, wie, um Himmelswillen, ich meine nur schwer in den Griff zu kriegende Sehnsucht weiterhin in Schach halten sollte. Ich überlegte, horchte tief in mich hinein und dann wurde mir bewusst, es gab nur einen einzigen Weg. Ich durfte meine Gefühle nicht weiterhin unterdrücken, ich musste ihnen freien Lauf, sie einfach fließen lassen.

Ich nahm entschlossen meine Jacke, verließ das Haus und lief in einem strammen Schritt zu Pierre in die Tischlerei. Eine Vision zeigte sich mir bereits vor einigen Tagen. Auf dem Weg fiel sie mir wieder ein und ich ahnte, ein breites Grinsen lag auf meinen Lippen. Ich wusste, ein riesiger und unbrauchbarer Baumstumpf lag seit Wochen draußen im Hof auf einer alten Schubkarre in einer Ecke. Meine Chance. Ich lief über den Hof. Der alte Stamm stand noch dort. Ich öffnete die Tür und betrat die Tischlerei. Pierre drehte sich zu mir um. Er war dabei, seine Werkbank zu säubern. Neugierig warf er den grauen Handfeger zur Seite.

»Was verschlägt dich zu später Stunde hierher? Kannst du keine Ruhe finden und nicht einschlafen?«

»Nicht wirklich. Und du? Warum bist du noch nicht bei deiner Frau?«

»Der Auftrag dauerte leider länger als geplant.«

Ich folgte mit meinen Augen Pierres Blick, der sich auf einen frisch lackierten Schrank, der seitlich im Raum stand, richtete.

»Und du, was hast du jetzt vor? Die Kosten für die Telefonrechnung sind, nachdem du die alte Mauer komplett zertrümmert hast, bereits mehr als beglichen und eine neue Aufgabe kann ich dir heute Abend nicht mehr bieten.«

»Ich weiß!« Ich lachte und zeigte entschlossen durch ein Fenster in den Hof. Pierre sah zu dem dicken Stamm und ich bat ihn, diesen hölzernen Klotz benutzen zu dürfen. Er willigte sofort ein, denn in seinen Augen schien der dicke Holzklotz für berufliche Zwecke unbrauchbar. Er wollte ihn, so sagte er mir, irgendwann zersägen, um für die kalten Winterabende mehr Brennholz zu haben. Ohne, dass Pierre wusste, was ich vorhatte, klopfte er mir vertrauensvoll auf die Schulter und verließ schmunzelnd die Tischlerei. Ich blieb allein zurück, zog meine Jacke aus, krempelte meine Ärmel hoch und war voller Feuereifer.

Damals, so erinnerte ich mich, wollte Agnes eine Skulptur von uns aus Holz. Ich erinnerte mich erst wage, dann immer öfter daran, dass sie mich lange darum gebeten hatte, doch ich fand keine Zeit. Jetzt tat ich ihr den Gefallen, denn jetzt nahm ich sie mir. Ich wollte sie glücklich machen und vielleicht, so hoffte ich, würden wir irgendwann wieder zusammenfinden und sie mein Werk sehen. Vielleicht würde sie plötzlich vor mir stehen und dann möchte ich sie begeistern. Ich möchte, dass sie mir ihr Herz wieder öffnet, so wie einst. Ich möchte, dass sie in mir den Prinzen auf dem Pferd sieht, den sie immer wollte. Der sie immer will.

Endlich war die Zeit gekommen, um aus einem alten Holzklotz etwas Schönes zu machen und mein Können nach mühseligen Wochen unter Beweis zu stellen. Auf diesem Wege konnte ich der ganzen Welt offenbaren, was mir diese wundervolle Frau noch immer bedeutete. Ich kramte eilig nach einem Kasten mit Schnitzwerkzeug in einer Schublade, holte einen Meißel, einen Hammer und eine Axt. Voll bepackt trottete ich zurück in den hell beleuchteten Hof. Ich nahm den schweren Baumstumpf und stellte ihn aufrecht. Mir wurde gleich warm dabei, so schwer war er. Laute Musik schallte aus dem Radio in der Tischlerei, alles fügte sich.

Die ganze Nacht verbrachte ich damit, mein Werk zu schaffen. Erst schlug ich grob mit einer Axt, immer weiter die Form einer Frau, später die eines Mannes in den dicken Stamm. Am Ende nahm ich die kleinen Schnitzmesser und zog sie mit Gefühl über das Holz. Tränen schossen in meine Augen. Ich ließ meinen Gefühlen freien Lauf. Ich fühlte meine Liebe zu Agnes und meine tiefe Sehnsucht. Ihre Kraft strömte aus meinem Herzen. Sie übernahmen die Kontrolle über mich und meine Hände. Alles floss unentwegt in das alte Stück Holz. Ich konnte es kaum fassen, mit welch einer Leidenschaft ich zum Schöpfer wurde. Die Späne flogen durch die Luft und landeten auf dem Boden. Fast mühelos schnitzte ich die Feinheiten eines weiblichen und männlichen Körpers in den alten Stamm. Die Skulptur war erst in meinem Kopf erschienen. Danach formte ich sie mit Leichtigkeit aus dem Holz. Einfach so. Niemand sonst hätte die Schönheit dieses alten Stückes gesehen. Meine verzweifelte Schöpferkraft ließ auf einmal alles erscheinen. Ich kannte keine Grenzen mehr. Ein einsames Leben, ohne eine Vergangenheit und meine Agnes, überrumpelte mich völlig unerwartet. Ich legte meine Hand auf die Skulptur.

Ich schaute in den Himmel und rief: »Jeder Tag, an dem ich dich nicht sehe, ist ein verlorener Tag. Jeder Tag, an dem ich dich nicht spüre oder in deine Augen schaue, ist ein verlorener Tag. Jeder Tag, an dem ich nicht der bin, der ich sein möchte, gefangen in einem einsamen Leben, das ich nicht mehr führen möchte, ist ein verlorener Tag. Es sind Momente, die niemals zurückkehren!«

Ich stellte mir eine Sanduhr vor und beobachtete wie der Sand der Zeit durch eine kleine Öffnung, Körnchen für Körnchen, in die Tiefe rutschte. Ich schaute in den Himmel, zu den Sternen. Agnes' Gesicht erschien vor mir. Ich flüsterte ihr zu: »Ich höre auf mein Herz und das sagt mir immerzu: Ich will nur dich! Wo bist du nur?«

Ich schloss meine Augen. Um mich herum wurde es kalt, eisig. Schnee fiel vom Himmel und blieb wie ein Zauber auf der Erde liegen. Es schien, als läge auf den Straßen, den Wäldern und den Wiesen eine dicke Schicht aus Puderzucker. Die Baumkronen bewegten sich sanft im Wind. Vor den Häusern lag der Schnee wie ein Teppich auf dem Gras der Vorgärten. Eine dicke Eisschicht bedeckte einen stillen See. Ich erinnerte mich, wie ich mich in einem Winter einmal auf den Boden gehockt hatte, um einen dicken Schneeball zu formen. Dabei schaute ich zu Agnes auf. Ihr bunter Skianzug strahlte im Licht. Alles an ihr strahlte heller als die Sonne. Lächelnd warf sie mir ihren Schneeball ins Gesicht, dann lief sie weg.

»Na warte! Ich kriege dich!« Ich rannte hinter ihr her, bis ich sie einholte, an ihrem Arm vorsichtig festhielt und wir lachend in die weiße Pracht fielen. Überall rieselte der Schnee durch den Wind von den Bäumen auf uns nieder.

Agnes küsste mich.

Ich starrte auf meine große Figur aus Holz. Sie stand felsenfest im Hof der Tischlerei. So, als könnte sie rein gar nichts erschüttern. Dieser Holzklotz hatte einen Vorteil. Er hatte kein Herz, keine Gefühle, erst recht keine fehlenden Erinnerungen oder schon gar keine unbekannte Vergangenheit, die nur Stück für Stück zurückkehrte und mein neues Leben dabei völlig auf den Kopf stellte. Ich richtete meinen Blick auf einen alten verwitterten roten Holzstuhl. Er stand vor der Tischlerei seitlich meiner Skulptur. Sein Lack war bereits an einigen Stellen abgeplatzt. Es schien mir, als hatte dieser Stuhl auch bereits einiges erlebt. Ich setzte mich und hoffte, er hielt meinem Gewicht noch für ein paar Minuten stand. Mein Herz schlug schnell und mein Gesicht spiegelte sich ein wenig in dem Fenster der Tischlerei. Ich dachte nach, das ganze Leben war ein Spiel aus Licht und Schatten. Ich stützte meinen linken Ellenbogen auf mein Knie ab und drückte meine Faust dabei nachdenklich unter mein Kinn. Ausgiebig betrachtete ich meine Skulptur und musterte die hölzernen Körper, die ein kleines Herz in Händen hielten. Es begann zu regnen. Der Wind wurde kräftiger. Erschöpft stand ich auf und zog die schwere, hölzerne Skulptur in die Tischlerei. Mit einem Tuch säuberte und trocknete ich mein Werk. Ich stellte die Skulptur neben Pierres Werkbank in eine Ecke. Sie sah in meinen Augen genauso aus, wie es sich Agnes vor langer Zeit immer gewünscht hatte.

♥

Liebe Agnes!

Vielleicht, meine Liebe, wirst du die Skulptur irgendwann einmal bewundern. Ich hoffe, ich konnte deine Wünsche erfüllen. Ich hoffe, ich habe sie so geschnitzt, wie du es dir immer erträumt hast … Sollte uns das Universum noch eine zweite Chance geben, weil es an uns und unsere Liebe glaubt, werde ich dir hiermit als Erstes meine Liebe neu beweisen. Es gibt drei Gründe dafür, dass ich diese Zeilen hier schreibe:

Erstens, weil ich dir beweisen und zeigen möchte, was du mir noch immer bedeutest.

Zweitens, weil ich merke, dass es mir hilft, meine eigene Vergangenheit und mich selbst zu finden.

Und drittens, weil ich auf ewig an uns glaube und mein Leben lang hoffen werde, dass wir uns irgendwann endlich wiederfinden.

♥

Agnes

Als ich bei George mit dem Auto anhielt, kam er aus seiner Garage gelaufen und schloss das Tor. Wir machten uns mit einem meiner Bären zu Fuß auf den Weg. Zwar war es etwas windig, aber nicht kalt. Mein langer Mantel flatterte bei jedem Schritt. Ich dachte darüber nach, wie es gewesen war, wenn mir Henry freudig entgegengelaufen kam. Ich schaute in den Himmel und beobachtete die vielen Sterne. Ich flüsterte in die Stille: »Schau, das Sternbild dort, es sieht aus wie ein Hund.«

In meinem Kopf hörte ich Henry: »Ist es auch. Und der hellste Stern heißt Sirius!«

George sah in den Himmel und lächelte mir zu. »Sirius!«

Ich nickte. Wortlos gingen wir weiter, bis wir vor einem Brunnen stehen blieben. Ich begann, mit offenen Augen zu träumen.

Damals hatte mich Henry kurz nach Mitternacht abgeholt. Wir fuhren in die Stadt. Er vereinbarte mit einem guten Freund, auf uns zu warten. Als er uns bemerkte, legte dieser unauffällig einen großen Strauß rote Rosen und ein Kärtchen, auf das Henry vorher etwas geschrieben hatte, auf den Rand des Brunnens. Es war ein besonderer Tag, Valentinstag.

Henry sah die Freude in meinen Augen.

Ich war schon immer ein sehr romantischer Mensch.

George und ich gingen weiter, doch ich hielt unbewusst vor einem Blumengeschäft an. Ich ging hinein, kaufte eine rote Rose und kehrte zurück zum Brunnen. Ich bemerkte zum ersten Mal das Geräusch des klaren Wassers und träumte mit offenen Augen.

Von einem Steg aus sprang ich vor Jahren ins Wasser. Ich tauchte unter, dann erreichte ich schnell die Oberfläche. Lachend tauchte auch Henry aus der Tiefe hervor. Das Wasser spritzte mir entgegen. Henry schwamm zu mir und hielt mich fest. Er zog an dem Träger meines Bikinis und küsste mich auf meine Schulter.

»Mein Wildfang, immer muss ich dich bremsen! Wie soll das nur weitergehen? Du und ich!« Henry lachte.

Ich schaute zurück. Eigentlich fanden wir immer wieder zueinander. Wir waren verbunden mit einem Band, das niemand trennen konnte. Das Universum wusste, was es tat.

Henry war oft der ruhige Pol, ich der Wildfang, der ihn daran erinnerte, was Leben wirklich bedeutete. Gemeinsam waren wir unschlagbar. Ein echtes Traumpaar.

Ich sah in den Himmel und flüsterte: »Henry, ich liebe dich! Jeden Tag, jede Nacht, bis in alle Ewigkeit! Gib uns ein Zeichen!« Ich nahm den Bären. Wie damals legte ich ihn zusammen mit der Blume auf den Rand. An unsere Stelle. Die, an der zwei Menschen ein Stück Lebenszeit glücklich miteinander geteilt hatten. Mein Herz sagte mir: Vielleicht wird er so meine Liebe spüren ...

♥

Unsere Wege trennten sich,
doch wahre Liebe stirbt nie.
Selbst wenn zwei Menschen,
die sich lieben,
nicht zusammen sind,
sind sie doch mit dem Herzen verbunden.

♥

Ich strich ein letztes Mal über den Steinbrunnen, dann stand ich auf. Wir trotteten weiter. Liefen an vielen Ladenlokalen vorbei. An einer Lederboutique blieb ich kurz stehen, als ich die vielen Schlüsselanhänger bemerkte.

Ich erinnerte mich, als wir unsere erste Reise nach Amerika machten. An den Besuch bei einem Indianerstamm. Das singende Volk, Indianer tanzten um die große Flamme, das Feuer gegen böse Mächte. Es war aufregend.

Henrys dünne Jacke wehte dabei in mein Gesicht. Ich hielt aus Spaß seinen Reißverschluss mit meinen Zähnen fest und knurrte vergnügt: »Grrrr!« Henry tippte auf meine Nasenspitze und ich ließ das kleine Metallstück los. Damals schaute ich ihn an. Sein Haar glänzte ein wenig durch das Licht des kraftvollen Feuers. Sein lockiges Haar hing weit über seine Ohren, es war Zeit, dass er nach dem Urlaub endlich mal wieder zum Friseur ging. Wir machten ein paar Schritte zurück und entzogen uns der Gruppe. Ich zog sein Kinn näher zu mir heran und gab ihm einen sanften Kuss. Am Ende bekamen alle aus der Reisegruppe einen Traumfänger und einen Schlüsselanhänger. Er sah aus wie der Schwanz einer Klapperschlange.

Erst letztens hatte ich die beiden Anhänger noch zwischen Unterlagen für den Kindergarten in einer Schublade entdeckt, dann kamen sie in einen Karton und da drinnen steckten sie noch immer. Ich grinste und berührte zaghaft die Scheibe mit meiner Fingerspitze. Ich malte mit meinem Zeigefinger ein kleines unsichtbares Herz auf die Scheibe. Die aufgefädelten Perlen der Schlüsselanhänger, die dort in der Lederboutique auf einem Brett auslagen, ähnelten ihnen sehr. Wehmütig ließ ich meine kurze Erinnerung vor dieser Boutique zurück und folgte George weiter durch die Menschenmenge. Wir setzten uns in ein Restaurant und gaben unsere Bestellung bei der Kellnerin auf.

Sie lief mit ihrem Notizblock und einem leeren Tablett, das sie sich währenddessen unter den Arm geklemmt hatte, zurück in die Küche. Ich sah zu George, leider hatte er, außer seiner Arbeit und seiner Schwester nichts Neues zu berichten. Die Zeit lief uns buchstäblich davon …

Henry

Früh am Morgen platzte Pierre durch meine Tür.

»Wie hast du das angestellt und vollbracht in der kurzen Zeit? Das ist unglaublich! Es war nur eine einzige Nacht. Diese Feinheiten und Konturen in dem Holz, der Wahnsinn. Wie ist das möglich? Ich weiß ja, dass du uns als gute Lehrer hattest, aber das grenzt an Zauberei! Henry, das ist ganz klar ein Meisterwerk! Du bist ein großartiger Schöpfer! Ein Michelangelo! Du hast begnadete Hände. Weißt du eigentlich, wie echt diese Skulptur aussieht?«

Ich rieb mir verschlafen und noch todmüde die Augen, schaute auf die Uhr. Erst vor zwei Stunden hatte ich mich schlafen gelegt und noch vor wenigen Sekunden steckte ich mitten in meiner Tiefschlafphase. Endlich mal, doch nun war sie dank Pierre auch schon vorbei.

»Zieh dich an und komm sofort mit in die Tischlerei! Es ist wichtig«, befahl Pierre aufgeregt.

»Wieso?«, fragte ich genauer nach.

»Das siehst du dann!«

Ich stand eilig auf und zog mir schnell etwas über. Im Bad sah ich in den Spiegel, meine dicken Tränensäcke waren nicht zu übersehen.

Ich ließ das Wasser über meine Hände laufen, spritzte es mir ins Gesicht. Dann trocknete ich mich schnell ab und folgte Pierre mit großen Schritten.

In der Tischlerei angekommen, traute ich meinen Augen nicht. Zwei Männer fotografierten bereits meine Skulptur von allen Seiten. Ein gut gekleideter Mann kam auf mich zu und wollte meine Geschichte dazu hören. Überrascht schaute ich zu Pascal und Pierre und ich erfuhr, dass der Mann ein Journalist war und bei einer Zeitung arbeitete. Pascal kannte ihn lange und gut. Der Journalist war verlegen um eine gute Story und hoffte schon länger dadurch auf einen ordentlichen Karrieresprung. Da kam ich ihm gerade recht. Er hörte sich alles von mir an, machte sich reichlich Notizen und versprach mir, diese ergreifende Liebesgeschichte so schnell wie möglich in den Druck zu geben. Völlig aufgeregt, aufgewühlt und mit klopfendem Herzen lief ich anschließend zu Emma zurück, um ihr mal wieder alles zu berichten. Endlich kam ich mit großen Schritten voran! Ich hatte ein wenig Hoffnung auf ein Happy End in meinem Leben.

Mit der Gewissheit, das morgen der Verkäufer der hölzernen Rose seinen Laden endlich wieder öffnete, half ich Emma mit einem Dauergrinsen, alle Leinwände für den Transport vorzubereiten. Sie hatte am nächsten Morgen eine Ausstellung ihrer Bilder auf der Place du

Tertre und Pierre und Pascal hatten zu viele Aufträge, deshalb sollte ich ihr helfen und sie auch begleiten.

Am Abend saß ich mit ihr und Pierre im Wohnzimmer. Ich starrte auf das flackernde Programm. Aber immerzu dachte ich dabei an einen früheren Videoabend mit frischem Popcorn.

Vorsichtig zog ich Agnes damals ein aufgeplatztes Maiskörnchen aus ihrem duftenden Haar. Sie nahm verlegen meine Hände. Ich dachte an Hunderte von Maiskörnern, die nach und nach durch die Hitze hüpften, bis sie zu bissfestem, lecker schmeckendem Popcorn wurden. Zaghaft streute meine Herzdame den Zucker über unsere warme Süßigkeit.

Ich starrte auf die Fernbedienung in Pierres Hand. Er schaltete durch die Programme, bis er bei einer Sendung über eine Autowerkstatt hängen blieb. Ich schloss meine Augen. Es war wie immer. Ständig musste ich an Agnes denken. Es wurde gefühlt täglich schlimmer.

Die Bilder eines silbernen Standventilators, eines Aschenbechers voll mit Zigarettenstummeln, vieler Autozeitschriften, Akten, geöffneter Postberge, die sich stapelten, schlichen sich in meine Gedanken. Ein kleines grünes Radio mit einer langen Antenne lag plötzlich in einer Ecke. Ich stand mitten im Büro einer

Autowerkstatt. Ganz allein. Auf dem Erotikkalender an der Wand posierte eine Frau, die fast so schön wie Agnes war. Ich öffnete die Tür zur Werkstatt und lief zu meinem Wagen.

»Peter? Werner?«

Doch es war mucksmäuschenstill. Niemand war zu sehen. Ich blieb vor meinem aufgebockten Wagen stehen, schaute auf die Uhr und wusste, ich musste den Wagen selbst zum Laufen bringen, sonst käme ich zu spät zu meinem Termin. Schulterzuckend legte ich mich etwas brummig auf ein Rollbrett und verschwand unter dem Auto.

Das Leck war schnell gefunden. Aus einer undichten Verbindung tropfte Öl. Leise fluchend tastete ich nach dem Schraubenschlüssel. Aus den Augenwinkeln sah ich schwarze Arbeitsschuhe, die auf mich zukamen. Ich hörte ein Klimpern und dann fiel mir der Schraubenschlüssel entgegen. Irgendetwas verkündete mir in diesem Augenblick: »Nein!« Als hätte ich es geahnt! Schmunzelnd starrte ich auf zwei zarte Frauenhände. Sie zogen mich unter dem Auto hervor.

Agnes stand da in einem blauen Overall, auf ihrem Kopf trug sie eine Kappe, die Haare darunter versteckt. Es wunderte mich nicht mehr, dass wir allein in der Werkstatt waren, so hatte sie es geplant. Eilig lief sie in das Büro, drehte das Radio voll auf. Dann kam sie zurück.

Ich stand auf. Agnes streckte mir ihre Hände entgegen. Mit Schwung warf sie ihre

Kappe auf die Motorhaube des Fahrzeugs. Langsam öffnete sie den Reißverschluss ihres Overalls. Sie zog ihn mit viel Gefühl nach unten. Mein Blick richtete sich erst auf ihre kleine Stupsnase. Danach auf ihre wundervollen Brüste, die durch den weißen Stoff ihres Oberteils schimmerten. Ich schaute ihr zu, wie sie die klobigen Arbeitsschuhe und ihren Overall auszog. Grinsend schnappte ich mir meine Angebetete und kitzelte sie. Sie war mir wehrlos ausgeliefert.

»Du bist total durchgeknallt, du Biest, weißt du das?«

Agnes schmunzelte. »Hey, du machst alles kaputt! Ich wollte alles geben!«

Mein Herz fühlte diese reine Liebe. Agnes stand auf. Ich schaute zu, wie sie ihr Haar wild schüttelte. Sie riss mein mit Öl beschmiertes Hemd aus meiner Hose, öffnete es und warf es fort.

»Leg deine Handflächen gegen meine.«

Ich tat, was Agnes von mir verlangte.

»Tanz mit mir!«

Unsere Körper bewegten sich. Ich tanzte mit ihr durch die Werkstatt, dabei hasste ich Tanzen. Ich tat es für sie, sie verzauberte mich.

»Bleib immer an meiner Seite! Hörst du!«

Ich fühlte ihre stürmischen Lippen an meinem Hals. Im Takt der Musik warf ich sie raffiniert mit dem Oberkörper nach hinten. Ich schaute auf ihre wundervollen Rundungen, die wie Berge vor mir lagen. Agnes drehte sich, sie hielt mich fest! Ihre Hüften schwenkten nach rechts, nach links. Unsere Körper rieben aneinander.

Ich streifte mit den Fingern durch ihr langes Haar, dabei hatte ich Mühe, ihr zu folgen. Sie machte mich schwach. Schließlich blieb ich stehen. Ich küsste sie, dabei stieß sie mich von sich. Schmachtend blickte ich sie an. Ich spürte diese immerwährende, knisternd erotische Spannung zwischen uns, diese innige Nähe, die uns mit Leichtigkeit immer weiter durch die Halle trug. Die Musik bewegte in diesem ergreifenden Augenblick nicht nur unsere Körper, sondern auch unsere Herzen. Das Glück des Gleichklangs, durch Rhythmus und Bewegung vereint, faszinierte mich. Schritt für Schritt ließ ich mich zum ersten Mal völlig auf den Tanz mit Agnes ein. Die Konturen der Wirklichkeit verwischten sich mit einer Wucht, auf die ich mal wieder nicht vorbereitet war. Schon bald spürte ich einen Rausch, der sich ungehindert in mir ausbreitete. Unsere Blicke trafen sich erneut. Mir wurde heiß. Agnes' Wangen glühten bereits …

Agnes

Heute bekam ich einen dringenden Anruf von George auf der Arbeit. Ich lief ahnungslos ins Büro von Frau Eckstein und schnappte mir den Telefonhörer. Mein Herz raste, als ich seine aufgeregte Stimme hörte. Irgendwie hatte ich gleich eine Vorahnung.

»Agnes er lebt! Du hattest recht! Wir haben endlich eine heiße Spur!«

»Was? O Gott, ich wusste es!«, hauchte ich kurz und knapp in den Hörer, dann war es bereits um mich geschehen. Ich schluchzte, versuchte dennoch, weiter zuzuhören. Es war schwer, denn meine Tränen strömten bereits vor lauter Freude. Ich konnte es nicht wirklich glauben. Ich hielt kurzfristig die Luft an, um George wenigstens doch noch ein wenig verstehen zu können.

»Mortimer hat mich gerade kontaktiert. Du glaubst nicht, was ich dir jetzt erzähle. Er hat ein Bild in der Zeitung gesehen von einer Skulptur aus Holz. Es sind zwei Personen zu erkennen. Ein Mann und eine Frau! Drei Mal darfst du raten, wer sie gemacht hat. Diese Skulptur, du ahnst es, oder?«

Ich konnte es nicht fassen. Wortlos hielt ich den Hörer.

»Hallo, Agnes? Bist du noch dran?«

»Natürlich! Ja, ich denke, es ist die, die ich mir immer von ihm gewünscht habe!« Jetzt strömten meine Tränen wie ein Wasserfall aus meinen Augen. Das durfte alles nicht wahr sein, wenn Henry etwas machte, dann machte er es richtig. Ich versuchte, mich zu beruhigen, aber es gelang mir nicht wirklich. Es war schlimm. Ich ertappte mich dabei, dass sich die verschiedensten Gefühle einen Weg durch meinen Körper bahnten und ich ihnen völlig ausgeliefert war. Liebe und Sehnsucht mischten sich mit meiner Verzweiflung und Trauer. Wut stieg in mir auf. Warum hatte er mich so leiden lassen? Wie oft hatte ich nach seinem Verschwinden geweint und was hatte ich ihn so schrecklich vermisst. Und ihm, ihm war ich einfach egal. Er meißelte seelenruhig stillschweigend in Frankreich diese Figur für uns. Alle hielten ihn für Tod. Seinem Vater, mir, uns allen brach er seit Monaten das Herz. Das konnte alles nicht wahr sein.

»Mortimer sagt, er hat euch täuschend echt geschnitzt! Es gibt noch eine sehr ergreifende Geschichte dazu, du musst sofort kommen, ich erzähle dir alles unterwegs. Du darfst ihm nicht böse sein. Er hat sich nicht mit Absicht nicht bei uns gemeldet. Wir müssen zurück nach Frankreich und ihn finden, schnell. Agnes, er sucht dich schon die ganze Zeit, beeile dich! Es gibt für alles eine gute Erklärung!«

Ich legte den Hörer sprachlos zurück. Meine Chefin kam durch die Tür und schaute mich fragend an, als sich neue Tränen in meinen Augen sammelten. »Frau Eckstein, ich weiß gerade nicht, was ich sagen soll. Er lebt! Er lebt! Sie glauben nicht, wie ich mich gerade fühle. Wir haben endlich ein Lebenszeichen! Aber ich weiß nicht, was damals passiert ist …« Ich schluchzte.

Wortlos starrte meine Chefin mich an, sie drückte mich zum ersten Mal in all den Jahren. »Das ist doch nicht möglich, gehen Sie schnell und bringen Sie ihn wohlbehalten zurück! Wir sind hier gut besetzt, machen Sie sich keine Gedanken«, flüsterte sie.

Ich nickte, ohne groß zu überlegen, schnappte ich nach meinem Mantel und meiner Tasche und rannte sofort los. Ich verließ den Kindergarten und stieg in meinen hellblauen Käfer ein. Ich fuhr eilig zu George. Er saß bereits in seinem Auto und wartete auf mich. Ich parkte und setzte mich neben ihn ins Auto. Es ging los.

»Was ist passiert, George?«, fragte ich völlig aufgebracht, als George blinkte und aus seinem Anwesen auf die Straße fuhr.

»Beruhige dich. Ich erzähle es dir gleich auf der Fahrt, wir sollten keine Zeit verlieren.«

Ich stimmte ihm zu und wir hielten erst an einer Tankstelle an. George füllte seinen Tank mit Benzin. Während ich nach der richtigen Landkarte kramte, besorgte er uns etwas zu essen und zu trinken. Ich schlug die Landkarte auf und studierte sie, während George aus einer Telefonzelle noch kurz Mortimer anrief, um ihm Bescheid zu sagen, dass wir auf dem Weg waren.

Mein Herz schlug schnell. Wir mussten Henry finden.

George stieg erneut ein. Er schloss seine Fahrzeugtür und zündete den Motor. Wir sahen uns an. Fest entschlossen trat George auf das Gaspedal. Er fuhr von der Tankstelle zügig auf die Autobahn und schaltete die Gänge höher. Der Motor seines Wagens heulte auf, als ich seitlich durch die Fahrzeugscheibe blickte. Die vielen Leitplanken, an denen wir blitzschnell vorbeifuhren, sahen in meinen Augen fast aus, als flögen sie mit den Bäumen gemeinsam an uns vorbei. Ich hörte den starken Fahrtwind durch das Gebläse. Immer schneller fuhr George, dabei erzählte er mir ganz in Ruhe, was ihm Mortimer über das Interview in der Zeitung berichtet hatte. Tränen liefen über mein Gesicht. Alles war wie ein Wechselbad der Gefühle. Ich konnte es nicht fassen.

Kilometerweit rasten wir über die mal leeren, mal vollen Schnellstraßen. Wir wechselten die Autobahnen, machten Pausen. Dann fuhren wir weiter. Es begann zu regnen. Die Scheibenwischer versuchten, dem Regenwasser, das gegen die Windschutzscheibe prasselte, standzuhalten. Das Wasser krabbelte vom unteren Rand der Scheibe nach oben, bis die

Scheibenwischer es wieder hinunterdrückten. Das Spiel begann von Neuem.

Eine Abfahrt lag vor uns. In einer engen Kurve ging George vom Gas und schaltete in einen niedrigeren Gang. Er fuhr langsamer auf eine andere Autobahn.

Mein Kopf war vollgestopft mit Gedanken. Ich sah Henry vor mir. Ich sah uns vor mir.

Entschlossen atmete ich mehrere Male tief ein und versuchte, mich abzulenken.

Doch ich merkte, wie sich meine Liebe in meinem Herzen ausbreitete. Ich hielt Henrys Kette, den Herzanhänger, fest, der mich seit Jahren begleitete. Er gab mir stets ein Gefühl von Sicherheit.

♥

Leben heißt spüren mit allen Sinnen. Tod heißt unendlich lange schlafen,
ohne Schmerz,
aber auch ohne Gefühl …

♥

»Ich habe immer gesehen, wie sehr ihr euch liebt, wenn wir drei zusammen waren und ihr euch angeschaut habt. Alles wird jetzt gut, glaub mir. Ich bin so froh«, erklärte mir George.

Ich schluckte …

Henry

Zusammen mit Emma machte ich mich früh am Morgen mit dem Bully von der Tischlerei auf den Weg. Die Ausstellung sollte schließlich besonders für Emma ein großer Erfolg werden. Wir kamen frühzeitig am Ausstellungsort an und waren tatsächlich einer mit der Ersten. Wir platzierten die Leinwände an einer für Emma bevorzugten Stelle, damit ihre kreativen Bilder von allen bewundert werden konnten. Sie strahlte, als wir fertig mit dem Aufbau waren. Neben uns eröffnete kurze Zeit später sogar ein großer Stand mit ausgefallenen Kissen und noch ein anderer mit jeder Menge Keramikvasen. Ich ging erst davon aus, dass es sich bei der Ausstellung nur um einzigartige Kunstgemälde handelte. Doch anscheinend lag ich falsch. Viele, viele Künstler und Künstlerinnen tauchten nach und nach mit ihren Werkstücken auf. Es waren alles Unikate. Dann kamen auch schon die fremden Leute näher und schließlich auf uns zu. Ich beobachtete den ganzen Tag das Geschehen, zählte die Stunden und sah mich neugierig um.

Ein altes Paar blieb an dem Stand mit den bunten Vasen stehen, anschließend ging es Arm in Arm an uns vorbei. Ich bekam Gänsehaut, denn mein Gefühl verriet mir: Genau davon hatte ich die längste Zeit meines Lebens geträumt. Mit Agnes gemeinsam alt zu werden und mich mit ihr an den vielen Schönheiten des Lebens zu erfreuen. Ich fragte mich, ob ich es noch einmal schaffen könnte, so tiefe Gefühle, wie ich sie für Agnes hegte, auch für eine andere Frau zu empfinden, wenn ich sie womöglich doch nicht mehr fand. Ich zweifelte, verdrängte diesen Gedanken, denn mein Herz schien auf mysteriöse Weise besetzt. In meinem Herzen loderten diese tiefen Gefühle. Ich sah zu Emma.

Am Abend war die Ausstellung für diesen Tag beendet. Wir packten die Leinwände zusammen und verstauten sie im Bully. Dann liefen wir direkt gegenüber zu einem Restaurant, wo wir uns später mit Pierre treffen wollten.

Wie es sich gehörte, öffnete ich Emma die Tür. Ein Kellner führte uns zu unserem Tisch. Er zündete eine lange weiße Stabkerze an. Ich half ihr aus dem Mantel und folgte dem Kellner zur Garderobe. Als ich zurückkam, stand sie noch vor ihrem Stuhl und unterhielt sich mit zwei Künstlerinnen, die zufällig auch dort einen Tisch reserviert hatten. Ich lief ihr entgegen und schob ihren Stuhl nach hinten, sie setzte sich. Wie fremd mir alles erschien.

♥

Für mich ist niemals eine körperliche
Hülle allein ausschlaggebend.
Menschen schätze ich genauso
für ihre Werte.
Alles beinhaltet so viel mehr,
wenn man es sieht.

♥

Emma sah in dem kurzen Rock und der taillierten Bluse wunderbar aus. So saß ich nun mit ihr am Tisch und unterhielt mich.

Doch ich hörte nicht wirklich zu. Es war, als säße Agnes vor mir und erzählte voller Freude, was sie an diesem Tag alles erlebt hatte. Ich konnte mich nicht auf Emma oder das, was sie sagte, konzentrieren. Ich schämte mich und es war mir unendlich unangenehm. Notgedrungen lächelte ich, als sie mich dabei ertappt hatte. Sie sah mich grinsend an und schwieg. Ich schaute mich unsicher um, Emma an.

»Du vermisst sie und dein altes Leben. Ich verstehe das! Es ist okay, aber ich bin sehr froh, dass du mir heute noch bei den Vorbereitungen geholfen hast. Die Leinwände waren schwer und schwierig an der Mauer und den Wänden zu befestigen. Das hätte ich allein niemals geschafft. Danke dafür!«

Ich schmunzelte. »Das habe ich gern gemacht. Und ja, das waren sie wirklich …« Ich erzählte Emma nicht, dass ich Tollpatsch auch noch währenddessen einen dicken Holzsplitter in meinem Zeigefinger hatte, den ich mit meinen Zähnen unauffällig herausziehen musste. Als das Essen kam, versank ich wieder in meinen Gedanken.

Vor Jahren, so fiel mir schlagartig ein, war ich mit Agnes in einem ähnlichen Restaurant gewesen. Ich hatte mich so gefreut, sie zu sehen. Damals saßen wir an einem eckigen, kleinen Holztisch, auf dem eine weiße Decke lag. Ich war so verliebt. »Du bist eine geheimnisvolle Frau, meine Flamme!«

Wir lachten. Sie lachte immer, sie lachte alle Menschen an. Ich nahm eine Rose aus der Blumenvase, die vor uns auf dem Tisch stand, und drehte sie zwischen zwei Fingern. »Wenn sie mir gehören würde, würde ich sie dir, genau jetzt, zu Füßen legen.«

Wie schön war es, mit ihr zu lachen, wir alberten so viel. Leise sagte sie mir in mein Ohr: »Ich habe meine Pumps schon aus. Spürst du, wie ich an deinem Oberschenkel entlangkrabbele? Meine Zehen spielen ein Spiel.«

Ich spürte ihren Fuß zwischen meinen Beinen. Ungeniert, wie sie war, brachte sie mich manchmal richtig zum Schwitzen.

Sie lachte, dann zog sie ihren Schuh wieder an. Vorsichtig nahm sie meine Hand. Wir streichelten zärtlich unsere Finger. Ihre Augen leuchteten wie Kristalle. Ich blickte auf ihre Kette mit dem geschliffenen Diamanten.

Eine bekannte männliche Stimme riss mich aus meiner Fantasie. Ich drehte mich um und begrüßte Pierre. Er setzte sich zu Emma, gab ihr einen Kuss und umarmte sie dabei. Ich fühlte gleich wieder meine Einsamkeit und stand auf. Ich folgte den Pfeilen zur Toilette. Ich lief auf die Küchentür des Restaurants zu und bog nach links ab. Zwei Männer standen mit dem Rücken zu mir an den Waschbecken und unterhielten sich. Ich hörte, dass sie sich gleich schon auf die Heimreise nach Deutschland machten, um im Rheinland an einem Töpfer- und Keramikmarkt teilzunehmen. Sie drehten sich zu mir um und ich erkannte sie wieder. Es waren die Verkäufer der Keramikvasen. Ich schloss die Tür der Toilette und überlegte. Genau morgen war es auch schon so weit, der kleine Holzladen in Schwerte machte wieder auf. War dies jetzt Zufall oder eine Gelegenheit, die ich am Schopfe packen sollte? Ich folgte den Männern unauffällig und schlich mich an ihren Lieferwagen heran. Er stand geöffnet vor dem Restaurant und war noch nicht komplett befüllt. Das war ein Zeichen des Universums, meine Chance, früher das Land zu verlassen, um endlich meinem Herzen zu folgen und um Agnes und mein altes Leben schnellstmöglich zurückzugewinnen. Ein wenig verrückt, aber was tat man nicht alles für die wahre Liebe. Ich lief zurück zu Pierre und Emma, setzte mich an den Tisch und erzählte ihnen meinen spontanen Plan. Dabei sahen sie mit mir aus dem Fenster. Die Männer schoben gerade eine neue Kiste in den Laderaum.

»Warte doch noch! Wir können …« Pierre stockte, als Emma ihm lautstark ins Wort fiel.

»Wenn du das wirklich tun willst, lauf los! Der Motor läuft!«, rief sie wie aus der Pistole geschossen.

Pierres Augen wurden groß, als Emma zum Fenster zeigte und einer der Männer bereits hinter dem Steuer saß.

Ich stand erschrocken auf. Jetzt hörte ich den Motor auch, die Scheinwerfer des Fahrzeugs brannten schon. Ich rannte los, als ginge es um mein Leben. Nun, vielleicht war es ja wirklich so. Ich rannte aus dem Restaurant. Auf der Straße angekommen, blickte ich im Vorbeilaufen zu Emma und Pierre. Sie lugten durch die Scheibe des Restaurants und zeigten mir, dass sie ihre Daumen für mich gedrückt hielten. Ich sah kurz in den Himmel. Ein heller Stern leuchtete mir kräftig zu. Ich erinnerte mich und erkannte Sirius in den Weiten des Universums wieder und ich wusste, nun hatte das Universum meine Gebete endlich erhört. Ich schaute mich verstohlen um, niemand war zu sehen. Ich kletterte blitzschnell zwischen die Kisten, versteckte mich und hörte kurze Zeit später Stimmen, die näher kamen. Ich hatte verdammtes Glück gehabt, denn es war, wie sagt man so schön: aller höchste Eisenbahn. Mein Blut pulsierte wie verrückt durch meine Adern. Also war klar, so etwas hatte ich auch noch nie in meinem Leben gemacht. Die letzten Vasen wurden in einem großen Karton in den Lieferwagen hineingeschoben, dann ging die Tür zu und es wurde dunkel. Das Fahrzeug ruckelte und eine Vase fiel mir dabei in die Arme. Ich fing sie in letzter Sekunde auf, bevor sie auf dem Boden zerschellte. Ich hielt sie kurz fest, dann legte ich sie zurück in den Karton. Der Lieferwagen bewegte sich stärker. Er fuhr los. Mein Atem stockte vor Aufregung und Freude gleichzeitig. Ich konnte es nicht fassen …

Svea

Ich starrte erschüttert auf die Seiten des Buches und fragte mich, wie zwei Menschen wissen sollten, was zu tun ist, wenn sie so weit voneinander entfernt waren und keinen Kontakt hatten? Ich war verzweifelt. Das konnte doch nicht wahr sein. Ausgerechnet jetzt traf Henry die Entscheidung, das Land zu verlassen. Genau dann, als sich Agnes mit George auf den Weg zu ihm machte. Jetzt, wo er so nah dran war, seine große Liebe endlich wieder umarmen zu können, schlug er die falsche Richtung ein. Es war zum Verrücktwerden. Völlig aufgewühlt legte ich das Buch zur Seite, ich brauchte eine kurze Lesepause, um zu verschnaufen, denn in meinem Inneren tobte ein gewaltiger Sturm. Zum Glück, so wusste ich von Frau Breder, gab es ein Happy End, dass beruhigte mich, aber ich fieberte so sehr mit den beiden mit, denn wie es schließlich dazu kam, dass wusste ich noch nicht. Ich trank die mittlerweile kalte Tasse mit Tee leer und stürzte mich auf die Häppchen, die neben mir auf dem Tischchen schon die ganze Zeit herrlich dufteten.

Nach einer Pause setzte ich mich erneut vor das dicke Buch und suchte den Anfang vom Ende …

Agnes

Es war spät am Abend, als wir das Fischerdorf erreichten und Mortimer einen Besuch abstatteten. George fuhr langsam auf die Lagerhalle zu. Die Scheinwerfer seines Autos leuchteten grell gegen die dunkelblau lackierten Tore der Fischerei. Wir hielten an und stiegen aus. Ein paar fremde Fischer verließen das Gelände. Mortimer stand mit seinen klobigen Gummistiefeln und seiner Pfeife in der Hand wartend in der Tür. Dieses Mal hatte er eine schwarze enge Strickmütze auf, die er sich bis zu seinen Augenbrauen, tief ins Gesicht gezogen hatte. Er trug nur noch einen Dreitagebart. Sein Haar schien ein wenig länger. Er kam auf uns zu, begrüßte uns und bat uns, ihm zu folgen. Zum ersten Mal bemerkte ich in seinem Gesicht ein leichtes Zucken seiner sonst eher hängenden Mundwinkel, als wollte er doch noch einmal in seinem Leben ein klitzekleines Lächeln zulassen. In seinem Büro angekommen, drehte er die bereits aufgeschlagene Zeitung auf seinen Schreibtisch zu uns um. Erleichtert zeigte er auf einen Bericht, auf ein Foto, dann zog er kräftig an seiner Pfeife und beobachtete unsere Reaktionen. Ich starrte fassungslos mit George auf das erste gedruckte Bild und entdeckte noch ein zweites. Ich ließ meinen Blick schweifen, traute meinen Augen nicht. Jegliche Zweifel, dass Henry das Schiffsunglück nicht überlebt hatte, verpuffte schlagartig. Ich schaute fragend auf den langen Artikel. Leider konnte ich ihn nicht richtig lesen, da natürlich alles auf Französisch gedruckt wurde, aber es war mir egal, denn die Fotos reichten völlig aus. Ich begriff, die Sternschnuppe, die weiße Feder und auch die Wahrsagerin hatten also recht. Alles waren Zeichen des Himmels, versteckte Botschaften, die mir das Universum in der schweren Zeit schenkte, um meiner Intuition und meinem Herzen zu vertrauen und ihm zu folgen. Verblüfft sah ich mir ein zweites Mal die Bilder an. Mein Blick blieb lange bei der hölzernen Skulptur hängen. Ich fragte mich, wie Henry es nur geschafft hatte, uns so lebensecht zu schnitzen. Diese Holzfigur war schon vor einigen Jahren mein Traum, eine kreative Idee. Auch das passte perfekt, ich hatte stets die verrücktesten Ideen und er führte sie mit mir gemeinsam aus. Zusammen schafften wir es, dass unsere Kreativität in der Welt Gestalt annahm. Wie oft hatte ich ihm mit dieser Bitte in den Ohren gelegen? Immer habe ich von dieser Skulptur gesprochen und sie ihm in den kleinsten Details geschildert. Einmal hatte ich extra eine richtige Schnute gezogen und meinen überzeugenden Dackelblick eingesetzt, um ihn endlich für diese Idee zu begeistern. Er versprach mir, daran zu arbeiten, doch dann kamen beruflich jede Menge neue Aufträge dazwischen und er fand keine Zeit. Mich überkam eine Gänsehaut. Wieder einmal umhüllt von dem penetranten Fischgeruch des Fischers, der neben mir stand, setzte ich mich. Meine Knie schlotterten, sie wurden butterweich. Mortimer legte mir eine Decke über meine Schultern, dann erzählte er uns, dass sich der Journalist, der das Interview geführt hatte, mit uns am nächsten Morgen treffen wollte, um uns zu Henry zu führen. George übersetzte mir zeitgleich alles und Mortimer schrieb uns die Adresse einer Pension auf, dann rollte er die Zeitung zusammen und gab sie mir mit. Ich nahm sie mit einem guten Gefühl an mich. Es fühlte sich an, als kehrte damit endlich ein wertvoller Teil meines Lebens auf geheimnisvolle Weise zu mir zurück und ich erinnerte mich an ein geläufiges Sprichwort: *Alles, was du gibst, kommt irgendwann um ein Vielfaches zu dir zurück.* Ich dachte an die Fotos von Henry, die ich schweren Herzens vor einiger Zeit im Polizeirevier in Frankreich zurücklassen musste. Wir verabschiedeten uns. Im Auto blieben wir sitzen. Ich schlug die Zeitung noch einmal erleichtert auf und George übersetzte mir das Interview von Henry und dem Journalisten ganz in Ruhe, Wort für Wort.

Am nächsten Morgen war es endlich so weit. In der gemütlichen Pension, in der wir schlaflos die Nacht verbracht hatten, wollten wir uns mit dem Journalisten, Herrn Richard Grellier, treffen. Wir machten uns pünktlich auf den Weg zur Rezeption, um dort auf ihn zu warten. Ein adretter junger Mann kam mit großen Schritten durch die Tür und auf uns zu. Seine schwarzen Lederschuhe glänzten, als hätte er sie erst kürzlich frisch poliert. Er erinnerte mich ein wenig an Henry, als er noch in seinem Architekturbüro arbeitete. Er gab uns fest die Hand und stellte sich vor. Wir durften gleich Richard zu ihm sagen. Gemeinsam setzten wir uns an einen der zwei runden Tische, die ein wenig abseits, in einem separaten Wartebereich, standen und uns gleich zum Verweilen einluden. Als Erstes stellte uns Richard einige Fragen, er berichtete von Henry, dem Interview und dann zeigte er uns gleich alle Bilder, die er, mit einem Kollegen, an dem besagten Tag vor Ort gemacht hatte.

»Du siehst tatsächlich genauso aus, wie in seiner Vorstellungskraft. Das ist verblüffend! Was für eine Geschichte und nun kommt noch der krönende Abschluss! Ein Happy End! Ich fahre euch jetzt zu der Tischlerei Leroy. Dort steht die Skulptur und dein Liebster wird auch vor Ort sein. Ihr müsst wissen, Pascal, der Mann, der mit seinem Bruder Pierre die Tischlerei führt, ist ein guter Freund von mir, wir haben bereits gestern Abend telefoniert.«

George und ich stiegen in das Auto des Journalisten ein. Er fuhr los und wir hielten viele Kilometer weit entfernt, in einem George und mir noch unbekannten Dorf, an einer bereits in die Jahre gekommenen Tischlerei, an.

»Ich erinnere mich an alle Orte, aber hier haben wir damals nicht gesucht, oder?«, murmelte George mir von der Rücksitzbank zu.

»Nein, ganz sicher nicht, aber Frau Martin hatte diesen Ort auf der Polizeiwache auch nicht erwähnt«, bestätigte ich. George zuckte mit den Schultern, dann stiegen wir schon aus.

Wir liefen über den Hof und klopften gegen die Tür. Ein netter Mann in unserem Alter, der uns ebenfalls direkt duzte und sich mit »Pascal« vorstellte, öffnete uns. Ich suchte Henry, doch ich sah ihn nicht. »Wo ist er?«, fragte ich mit rasendem Herzen.

Pascal schüttelte den Kopf. Er sah zu Richard. »Ich konnte meinen Bruder bis jetzt nicht erreichen. Henry hilft meiner Schwägerin bei der Ausstellung ihrer Leinwände und Pierre ist auch dort. Ich habe seit gestern mehrere Male in ihrem Hotel angerufen, aber niemanden erreichen können. Ich habe gerade an der Rezeption noch eine Nachricht hinterlassen, mit der Bitte, mich schnellstmöglich zurückzurufen.«

Etwas enttäuscht betrat ich mit George den Raum und entdeckte sofort die große Holzskulptur. Diese Situation war für mich unbeschreiblich. Mein Herz pochte schneller. Ich lief direkt auf die Skulptur zu und sah sie mir genau an. Wie sorgfältig und mit welch einer Fantasie und Sorgfalt er das Holz bearbeitet hatte! Ich konnte Henrys tiefe Liebe zu mir regelrecht spüren, als ich über das glatte Holz strich und die vielen Feinheiten betrachtete, die in diesem Werk steckten. Ich fragte mich in diesem Moment, wie viel Zeit und Herzblut er in dieses Projekt gesteckt haben musste und fragte genauer nach.

»Es war nur eine Nacht«, antwortete Pascal.

Verblüfft sah ich zu George. Das konnte auch er nicht fassen. In dem Augenblick wurde mir bewusst: Die Hoffnung eines Menschen ist unerschütterlich. Sie ist der Motor, der uns antreibt und uns lenkt. Was für ein Liebesbeweis. Er hatte seine komplette Vergangenheit verloren, aber unsere Liebe und tiefe Verbundenheit sorgte dafür, dass er sich an mich und meinen Wunsch so schnell wieder erinnern konnte. Was ein Wahnsinn. Mir wurde es warm ums Herz. Mein Blut schoss regelrecht durch meinen Körper, mir wurde heiß.

Ich sah zu George, als mir Pascal auch noch eine alte Ledermappe in die Hände legte. Ich öffnete sie und erkannte Henrys Handschrift. Ich schluchzte, als ich die Zeilen las. Sie berührten mich zutiefst, das alles war einfach zu viel für mich. Henry hatte wie ich in der ganzen Zeit Tagebuch geführt und an mich Briefe geschrieben.

Ich las George ein paar Zeilen vor: Ich erinnere mich, dass die Augenblicke immer das Schönste in meinem Leben waren, wenn ich Agnes sehen und spüren durfte. Oder ich einfach in ihrer Nähe sein konnte. Aber sie waren auch oft das Schlimmste in meinem Leben, wenn ich von ihr fortgehen musste … Ich liebe sie zu sehr.

Ich legte die Briefbögen zur Seite, und zog ein weißes Blatt Papier hervor. Ich drehte es.

»Er hat dich oft gemalt und in letzter Zeit, als seine Erinnerungen immer weiter zurückkehrten, fast nur noch von dir gesprochen. Es ist ihm jeden Tag schwerer gefallen, dich nicht sehen zu können«, erklärte mir Pascal zeitgleich.

Ich schaute auf Henrys Bild und sah an meinem Hals meine Kette. Selbst an den Herzdiamanten, den er mir in jungen Jahren geschenkt hatte, konnte er sich erinnern. Ich dachte an seine Worte: »Als Beweis ewiger Liebe. Ein Diamant ist unvergänglich, genauso wie das Gefühl, das ich täglich tief in meinem Herzen für dich spüre.«

»Da wird man ganz blass vor Neid. Das alles haut echt den stärksten Mann um«, murmelte Pascal durch den Raum zu George. Wortlos starrten sich die Männer gegenseitig an, dann schauten sie zu mir und auf Henrys Bild.

Ein starkes Gefühl durchzog meinen Brustkorb. Alles drehte sich, ich dachte dabei an einen Streit vor langer Zeit.

Damals riss ich mich von Henry los. Er folgte mir, griff nach meinem Arm, hielt mich fest. Er streichelte sanft über mein Gesicht und wischte meine Tränen fort. Er streifte mein Haar hinter das Ohr und berührte dabei meinen Herzdiamanten.

»Du trägst meine Kette noch?«

Ich nickte. »Sie ist mein Heiligtum. Ich habe sie nicht einen Tag abgelegt. Nicht einen Tag, hörst du!«

Henry biss sich auf die Lippen. Er hielt meinen Blick. »Es gibt für mich nichts Schlimmeres, als dich nicht sehen zu können, dich nicht fühlen zu können … Geht es dir nicht auch so? Sag es mir!«

»Was soll ich dir sagen? Die schönste Zeit meines Lebens war und ist mit dir!«

»Dann lass uns aufhören zu streiten, denk an Paris, an all die schönen wundervollen Augenblicke. Das Leben ist zu kurz, um es mit sinnlosem Streiten zu vergeuden!«

Henry riss mich in seine Arme. Mein Herz pochte schneller. Ich wusste, er hatte recht. Ich wollte mich doch nie streiten, sondern sehnte mich schon seit Tagen danach, seine Lippen mit meinen zu berühren. Ich konnte es kaum abwarten, bis er mich hingebungsvoll küsste. Er streichelte heißblütig über mein langes Haar und zog mich näher. Die Hitze, die er sofort wieder in mir auslöste, war unbeschreiblich und ich folgte meinem Herzen. Es war ein Kuss, wie ihn selbst Romeo und Julia nicht hätten besser machen können.

Ich löste mich von meinen Erinnerungen, als in der Tischlerei ein Telefon klingelte und sah mich erschrocken um.

»Es ist so weit, jetzt sehen wir ihn wieder. Ich kann es kaum glauben«, flüsterte George mir aufgeregt zu. Er schaute mit mir zu Pascal, der den Hörer abnahm. Unaufhaltsam breiteten sich meine tiefen Gefühle für Henry aus, sie loderten in mir und suchten einen Ausweg. Ich konnte es kaum abwarten und war so nervös. Ich hielt mich vor Aufregung an Georges Arm fest und hoffte auf gute Neuigkeiten. Doch dann sah ich, wie Pascal den Hörer fast in Zeitlupe auflegte und wortlos zu Richard und uns blickte. Sein Blick verriet mir, irgendetwas stimmte nicht …

Henry

Stundenlang fuhr ich in dem Lieferwagen durch die Nacht. Mir wurde kalt. Ich schloss die Augen, als sich mir eine neue Erinnerung zeigte.

Agnes zog ihre Schuhe aus und lief barfuß durch den Wald. Sie grinste, als sie auf das weiche Moos trat. Hin und wieder hielt sie ihr Kleid fest, damit es nicht so sehr verschmutzte. Ab und an verfingen sich trotzdem Blätter im Tüll. Und dann standen wir plötzlich vor einer beleuchteten Blockhütte. Ich öffnete die Holztür.

Spitzbübisch rief ich: »Deiner Liebe zur Romantik will ich nun Ausdruck verleihen.« Ich lachte. Die Rosenblüten, die verstreut auf dem alten Holzboden lagen, wirbelten auf. Agnes nahm mich in ihre Arme. Ihr Herz schlug schon immer für Romantik und für Poesie. Mir wurde es warm ums Herz.

»Du … du bist verrückt! Wie bist du auf die Idee gekommen?«, stotterte sie.

Ich zündete grinsend das Holz im Kamin an. »Ich kenne dich gut genug, um zu wissen, was du magst.«

Während ich die Tür der Holzhütte verschloss, zog sie ihr Kleid aus und kuschelte sich in die flauschige Daunendecke. Ich folgte ihr und streifte mit meinen Zähnen ganz vorsichtig ihr Strumpfband von ihrem Oberschenkel. Zusammen hielten wir das Band kurz in unseren Händen.

»Dieses Strumpfband soll uns Glück bringen. Es soll uns führen und uns leiten!«

Ich warf es einfach zur Seite und protestierte: »Aber nicht jetzt!«

Sie kitzelte mich und warf mich auf die dicke Matratze, dass sie wackelte. Wir flogen fast durch die Luft und sie hielt sich an mir fest. Wir genossen die elektrisierenden Berührungen auf unserer Haut und schwebten auf Wolke sieben. Wie sagt man so schön: Der Himmel hing voller Geigen.

Ich öffnete meine Augen mit einem Lächeln, als der Lieferwagen immer langsamer fuhr, und nach wenigen Minuten stoppte. Doch meine gute Laune versiegte blitzschnell, als ich fremde Stimmen heftig diskutieren hörte. Ruckartig öffneten sich mit einem Mal die Türen. Ich bekam einen großen Schreck, zuckte zurück und duckte mich in letzter Sekunde noch tiefer hinter die großen Kartons. Dabei verschaffte ich mir durch einen kleinen Spalt zwischen den großen Pappkartons minimal Sicht. Grelles Licht blendete mich. Gleich war mir klar: Wir waren noch nicht am Ziel, es war eine verfluchte Grenzkontrolle. Ein untersetzter Grenzbeamter stand vor dem Fahrzeug und sah sich im Inneren sorgfältig um. Der Lichtstrahl seiner Taschenlampe leuchtete überall hin. Es schien, als nahm dieser Mann seinen Job mehr als genau, denn er inspizierte gefühlt jede Ritze des Lieferwagens. Adrenalin schoss durch meinen Körper. Ein Kloß steckte plötzlich in meinem Hals, denn der Lichtstrahl kam langsam immer näher. Ich schloss meine Augen und sah dabei gleich in Agnes' Augen. Ich hielt glücklich ihre Hand, doch dann entfernte sie sich immer weiter von mir. Ich wollte sie festhalten, schaffte es aber nicht. Ein unerklärliches Gefühl beherrschte mich. Ich machte mich noch kleiner, um nicht gesehen zu werden. Mit Buckel und umklammerten Knien, kauerte ich als erwachsener Mann mucksmäuschenstill in einer Ecke wie ein verängstigtes Kind. Tiefste Verzweiflung und unendliche Sehnsucht suchten sich dabei den Weg durch meinen Leib und kollidierten miteinander. Ich war meinen Gedanken völlig wehrlos ausgeliefert. Im Kopf führten mich die Beamten bereits ab. Ich hatte zum ersten Mal dieses Gefühl, als würde sich ein Seil immer fester um meine Brust schnüren, als würde es mir die Luft stehlen. Doch dann wurde es plötzlich leiser um mich herum. Auch die Strahlen der Taschenlampe verschwanden. Jetzt hätte ich eine Stecknadel auf den Boden fallen lassen können, man hätte sie gehört. Ich blinzelte zwischen den Kartons hindurch und sah zu zwei Grenzbeamten. Der untersetzte

Typ durchsuchte eine Kiste. Der andere legte eine ausgefallene bunte Vase zurück in einen anderen großen Pappkarton, der noch im Lieferwagen stand. Ich hörte von irgendwoher Hunde bellen, die Grenzbeamten sahen sich verstohlen um. Es wurde draußen wieder lauter. Sie gaben dem Fahrer die Papiere zurück und grünes Licht zum Weiterfahren. Ich atmete nass geschwitzt und mit schnellem Puls auf. Als sich die Türen des Fahrzeugs wieder schlossen und sich der Lieferwagen endlich wieder bewegte, zog ich meine Jacke aus und ließ mich kurze Zeit später erschöpft auf den Boden fallen. Ich klemmte mir meine Jacke in den Nacken und schloss die Augen, in der Hoffnung, bald am Ziel anzukommen und so etwas nicht noch einmal erleben zu müssen.

Einige Zeit später hielten wir erneut an. Die Türen gingen auf und dieses Mal, so schien es mir, waren wir endlich in Deutschland angekommen. Erleichtert sah ich, dass wir in einer Lagerhalle zwischen mehreren Fahrzeugen geparkt hatten. Einer der Männer zog an dem ersten Karton und schleppte ihn fort, der zweite folgte. Ich beobachtete alles. Als die Luft rein war, kletterte ich zwischen den Kartons hervor und sprang unbemerkt aus dem Lieferwagen. Doch die zwei Männer kehrten früher zurück, als ich erwartet hatte. Blitzschnell versteckte ich mich, bevor sie mich sahen, hinter einem anderen Lieferwagen in der Halle. Ich blieb erneut regungslos stehen. Als beide Männer zusammen in den Lieferwagen kletterten und ich sie nicht mehr sehen konnte, war es endlich so weit, ich rannte los. Das Tor war zum Glück noch geöffnet. Ich stürmte hinaus und lief auf eine Hauptstraße zu. Ich rannte weiter und weiter, blieb keuchend stehen. Ich drehte mich um, holte tief Luft und stützte dabei meine Hände auf meine Oberschenkel ab. Ich kräuselte angestrengt meine Stirn und blickte auf. Das Tor der Lagerhalle schloss sich in der Ferne. Niemand hatte mich bemerkt. Ich machte mich weiter auf den Weg. Zügig stapfte ich an der Hauptstraße entlang, Agnes immer in meinem Kopf, bis zu einer Tankstelle. Dort suchte ich mir eine passende Mitfahrgelegenheit. Das war nicht so einfach und dauerte, aber dann nahm mich doch noch ein älterer Herr mit einem Schäferhund auf dem Rücksitz in seinem dunkelgrünen VW-Kombi mit.

In Schwerte angekommen, stieg ich aus und lief zu Fuß weiter. Immer wieder fragte ich Fußgänger, die mir den weiteren Weg zu dem kleinen Geschäft erklärten. Während ich suchte, hatte ich die hölzerne Rose direkt vor Augen, um sie dem Verkäufer genaustens beschreiben zu können und um mehr über mich zu erfahren. Fast war es geschafft, aber dann kam ich plötzlich an einem belebten Kindergarten vorbei. Ich blieb stehen. Er kam mir bekannt vor. Gleich hörte ich eine kindliche Stimme rufen, jemand zupfte energisch an meiner Jacke. Ich drehte mich verwundert um, betrachtete dieses kleine Mädchen.

»Herr Reith, wann kommt Agnes zurück?«

Der Satz traf mich wie ein Schlag. Ich musterte das Kind und zuckte mit den Schultern. Es kam mir bekannt vor, doch ich erinnerte mich nicht an seinen Namen. Ich bückte mich zu dem Mädchen und fragte: »Wer bist du?«

Das Mädchen lachte. »Herr Reith, ich bin doch die Amelie. Agnes war meine allerliebste Erzieherin, als ich noch im Kindergarten war. Jetzt ist meine Schwester hier. Weißt du, einmal hatte ich mein Knie verletzt. Ich hatte bitterlich geweint, da kam sie zu mir und gab mir ein Pflaster. Mein Knie tat sehr weh, ich weinte und dann erzählte sie mir eine Geschichte über einen Igel, der sein Land rettete. Die anderen Kinder setzten sich zu uns in den Sand. Plötzlich tat mein Knie gar nicht mehr weh.«

Ich musste schwer schlucken und fragte mich insgeheim, ob mein Nachname tatsächlich Reith war. Ich lächelte Amelie zu. »Aber dass du mich erkennst?«

Sie strahlte.

»Du warst doch oft hier und Agnes hat uns so viel von dir erzählt. Sie erzählte uns oft Geschichten über einen Prinzen, der Herzen zum Glühen bringen kann. Da meinte sie dich mit! Wir fragten sie damals, wo das Gefühl, von dem sie immer sprach, genau war. Dann zeichnete sie mit ihrem Finger auf unseren Armen ein kleines Herz und holte aus ihrer Tasche ein

Foto, auf dem du auch drauf warst. Sie sagte immer, wir sollen uns, wenn wir groß sind, Zeit lassen und nicht suchen, der richtige Prinz käme ganz plötzlich zu uns. An einem Morgen haben wir mit ihr eine Prinzessin gemalt, die auf ihren Prinzen wartete. Am nächsten Tag haben wir einen Prinzen auf einem Pferd gemalt. Am dritten Tag haben wir die beiden endlich zusammengeklebt.«

Wieder musste ich schlucken. Ich merkte, wie mir die Tränen in die Augen stiegen. »Und was war eure Aufgabe am vierten Tag?«

»Wir haben mit Agnes eine Burg aus Pappmaschee gebaut, in der sie dann wohnten. Bist du traurig?«

Gott, mein Herz zerfiel. Dieser Moment war hart. Die Fassung zu wahren, fiel mir schwer. Doch ich hielt stand. »Nein, mir ist nur etwas ins Auge geflogen.« Ich straffte die Schultern und zeichnete auf meinen Handrücken ein kleines Herz. Amelie strahlte. Amelies Schwester und ihre Mutter kamen eilig auf uns zugelaufen.

»Einen schönen Tag noch«, wünschte ich Amelie und ihrer Familie.

»Danke, Herr Reith«, antworteten sie wie aus einem Mund.

Ich hielt die Luft an, schloss meine Augen und spürte mein Herz, das unentwegt hektisch klopfte. Ich fragte mich, ob Agnes ahnte, was sie eigentlich bereits für großartige Spuren im Leben vieler Menschen hinterlassen hatte. Ich war so stolz auf sie. Endlich begriff ich, was es mit den kleinen Kindern in einigen meiner Gedanken auf sich hatte.

Erinnerungen, wie Agnes an neuen Ideen für ihre Mäusegruppe im Kindergarten arbeitete erschienen wie ein Blitz vor meinem inneren Auge.

Sie benutzte dafür eine alte Tapetenrolle. Sie malte mit einem dicken Filzstift die verschiedensten Formen und Gegenstände darauf, zum Ausmalen für die Kleinen. Ich legte meine Hände um ihre schmale Taille und zog sie hoch.

»Hilfe, Henry, was machst du da? Lass mich los.«

Sie zappelte energisch in meinen Armen, aber ich ließ sie nicht los. Schließlich warf sie den Filzstift freiwillig fort, lachte, dann schmiss ich sie einfach auf die Couch. »Jetzt habe ich dich, Goldstück, jetzt kommst du mir nicht davon!«

Agnes schnappte sich eines der Kissen und schlug es auf meinen Kopf. Der Reißverschluss des Bezuges platzte auf und Federn flogen durch die Luft. Ich kitzelte sie und hustete. Sie ließ das alte Kissen los und ich schnappte es mir. Sachte traf ich sie.

»Du bist nicht bei Sinnen, hör auf«, rief Agnes lachend, während sie versuchte, den kaputten, mittlerweile fast leeren Kissenbezug abzuwehren. »Jetzt werde ich mal zum Tier!«

Sie fauchte wie eine Löwin, ja, tatsächlich wie eine Löwin. Ich ließ die leere Kissenhülle fallen und küsste sie innig.

Ich grinste und betrat den Kindergarten. Eine alte grauhaarige Dame kam auf mich zugeeilt.

»Herr Reith? Sie sind es wirklich! O mein Gott!«, stammelte sie überrascht durch den Flur.

Ich schaute sie fragend an.

»Agnes ist nicht hier, ich habe sie kürzlich extra freigestellt, um Sie zu finden! Sie bekam einen Anruf und hatte eine heiße Spur, dann ist sie los.«

Ich schluckte und fragte mich, was das jetzt für ein übler Schachzug des Universums war? Also hatte die kleine Amelie recht, als sie sagte, Agnes wäre nicht da. Geknickt blieb ich wie angewurzelt stehen. Meine starre Mimik erschütterte mich selbst, als ich mich in einer teilweise mit hauchdünnem Papier beklebten Fensterscheibe spiegelte.

»Jetzt werden Sie aber nicht gleich Trübsal blasen, oder? Kommen Sie erst einmal mit in mein Büro! Sie sehen durchgefroren aus.«

Etwas ratlos folgte ich der älteren Frau. Ich las auf der Bürotür im Vorbeigehen ihren Namen. Frau Eckstein hieß sie und sie war die Chefin des Kindergartens. Frau Eckstein schüttete mir aus einer weißen Thermoskanne einen Tee ein. Sie überreichte ihn mir höflich, dann bat sie, mich zu setzen. Der Pfefferminztee qualmte noch ein wenig, so heiß war er. Ich setzte mich, nahm ihn dankend an und hörte ihr zu.

»Sie müssen wissen, Agnes hat als Einzige nie daran gezweifelt, das Sie noch am Leben sind und niemals aufgegeben, nach Ihnen zu recherchieren und zu suchen!«

»Wissen Sie, was passiert war?«, fragte ich.

»Wissen Sie es denn nicht?«

»Leider nein, ich leide seit Längerem an einem Gedächtnisverlust und kann mich nur schwer an meine Vergangenheit erinnern.«

Frau Eckstein schaute überrascht. »Jetzt wundert mich gar nichts mehr. Uns wurde mitgeteilt, es war ein Schiffsunglück. Ganz genau genommen ein Fischkutter, auf dem Sie waren, er sank! Sie wurden nicht gefunden und galten seitdem als vermisst.«

Mir wurde flau, dies erklärte nun auch ganz klar meine Albträume. Die alte Dame nahm sich für mich reichlich Zeit und erzählte mir alles, was sie von Agnes und anderen gehört hatte. Einige Zeit später öffnete sie ihren Spind.

»Agnes hatte vor einigen Wochen einen riesigen Berg an Bären für das Kindergartenfest genäht. Die übrig gebliebenen hat sie an all ihre Freunde, an ihre Familie und an alle Bekannte verteilt, für den Fall, das genau das hier eintrifft. Sie sagte, ihr Herzensmotto hieße: So wie du mir, so ich dir! Wenige hatten es verstanden, einige fanden es völlig übertrieben.

Ein paar sogar kitschig, aber gefühlskalte Menschen ohne Herz hat es ja schon zu jeder Zeit gegeben. Nicht alle haben eben das Glück, genau seine passende Hälfte zu finden, wissen Sie. Ich denke, wenn man etwas noch nie erlebt oder gefühlt hat, kann man es nicht vermissen. Viele Menschen glauben, die Liebe zu kennen, aber in Wahrheit kennen sie dieses tiefe Gefühl nicht im Geringsten. Ich schon. Mein Mann und ich sind schon viele, viele Jahre sehr glücklich verheiratet und wir wissen alle, kein Leben ist unendlich. Agnes blieb sich treu. All das Gerede um ihre Person, war ihr egal. Glauben Sie mir, sie liebt Sie aufrichtig und bedingungslos. Sie kennen sie ja. Sie hörte stets auf ihr Bauchgefühl. Ihre Kreativität und Schöpferkraft haben dazu noch nie Grenzen gekannt, dafür lieben sie ganz besonders die Kinder hier. Agnes ist seit Jahren die beliebteste Kindergärtnerin, müssen Sie wissen. Ich hatte nie die Gelegenheit, Ihnen das zu erzählen. Sie hat ein sehr großes Herz, aber nun zurück zu den Bären: Agnes hat die Teddys sogar überall an Orte verteilt, wo Sie beide zusammen Augenblicke hatten, die Ihre Herzen berührten, verstehen Sie? Glauben Sie mir, Agnes' Hoffnung war unerschöpflich. Ihr Wille, Sie zu finden, stets ungebrochen! Sie vertraute immer auf sich und dem Universum!«

Frau Eckstein streckte mir ihren Bären, den sie von Agnes vor längerer Zeit für mich bekommen hatte, entgegen. Er lächelte mich an und ich erinnerte mich genau in diesem Augenblick, dass ich Agnes zum Abschied auch einen kleinen Bären geschenkt hatte. Die Bären sollten sich finden, so wie wir uns finden sollten, um nicht mehr allein sein zu müssen.

»Wie du mir, so ich dir«, flüsterte ich. Ich wusste gleich, was sie meinte und blickte auf den Bären.

»Den hat sie mir gegeben, er ist jetzt für Sie, so wie sie es wollte! Vielleicht wissen Sie ja, wozu er gut ist und was jetzt zu tun ist.«

Frau Eckstein setzte mir den Bären auf meinen Schoß, als ein Kind die Tür öffnete und direkt auf ihn zeigte. »Nein, der Teddy gehört Herrn Reith, du hast doch einen eigenen. Dieser ist nicht zum Spielen gedacht, komm mit Anna.« Sie lachte, gab dem Mädchen die Hand und sie verließen das Büro.

Ich stellte die Tasse Tee ab, nahm den Bären in die Hand und stand nachdenklich auf. Ich schaute ihn mir ganz genau an. Sein kurzes braunes Fell war weich. Ich drehte den Bären, dann fiel mir durch

Zufall etwas auf. Ich fragte mich, warum der Bauch des Bären mit einem roten Faden verschlossen war. Ich erinnerte mich an Agnes und an ihre Liebe zu Märchen. Irgendwie hatte ich plötzlich eine Vorahnung. Ich löste die Schleife und zog die Fäden auseinander. Zwischen der Füllwatte schaute ein Zipfel Papier heraus. Ich setzte mich wieder. Mir wurde es verdammt warm ums Herz. Mein Atem stockte, als ich meinen Namen las. Ich war sehr nervös und hatte Mühe, weiterzulesen. Vor Aufregung ließ ich den Zettel fallen, er wirbelte zu Boden, als Frau Eckstein das Büro wieder betrat. Das Papier blieb vor ihren Füßen liegen, sie hob es auf.

»Darf ich?«

Ich nickte. Die ältere Dame öffnete den Brief und las laut vor:

♥

Lieber Henry!
Es sind bereits etliche Wochen vergangen,
in denen ich nichts von dir gehört habe.
Aber noch immer halte ich deine Kette,
deinen Herzdiamanten, fest in Händen,
in der Hoffnung auf ein Lebenszeichen
von dir. In all der Zeit schickte ich dir
jeden Abend einen Luftkuss. Ich werde
es weiterhin tun. Wir wissen beide, die
Hoffnung stirbt zuletzt. Egal, wo ich
war und ich noch sein werde, ich vergesse

dich nie. Du fehlst mir in jeder Sekunde
meines Lebens. Solltest du diesen
Bären finden oder in die Hände gelegt
bekommen, weil dich das Universum
zur richtigen Zeit an den richtigen Ort
gelenkt hat, komm bitte endlich zu mir
zurück. Mein Herz ist dir für immer
treu. 20:00 Uhr! An der Bank am Teich.
Ich werde dort täglich auf dich warten, in
der Hoffnung, dich endlich wieder in die
Arme schließen zu können, denn du bist
und bleibst mein Leben.
Deine Agnes

♥

»Das ist unsere Agnes!« Sie strahlte.

Agnes' Chefin gab mir den Zettel zurück. Sie lehnte sich über einen Haufen Aktenordner und schrieb mir ihre neue Adresse auf.

»Kennen Sie den geheimen Platz, die Bank und den Teich?«

Frau Eckstein nickte. »Es ist ein schöner, romantischer und einsamer Ort. Sankt Martin laufen wir mit den Kindern immer daran vorbei.« Die ältere Dame schilderte mir den Weg zu der besagten Bank. Ich starrte auf das wertvolle Papier in meiner Hand, dann schaute ich Frau Eckstein glücklich an. Sie gab mir einen Stift und ich begann wie wild, alles, was sie mir erklärte, genau aufzuschreiben und zu skizzieren, denn wenn ich eines gelernt hatte, dann, dass es nichts Besseres gab. Schließlich wollte ich den für mich noch unbekannten Teich von uns finden.

»Dürfte ich mir noch einen kleinen Zettel von ihrem Block mitnehmen und den Stift hier ausleihen? Sie wissen schon …!«

Frau Eckstein riss ein Blatt von ihrem Notizblock ab und nickte. »Sehr gern! Wenn es mehr nicht ist.« Sie grinste.

Es klopfte erneut, Frau Eckstein öffnete die Tür und ich verabschiedete mich mit klopfendem Herzen. Völlig aufgelöst nahm ich den Teddybären, den Brief und lief los.

Als ich bei der aufgeschriebenen Adresse ankam, erkannte ich das Umfeld nicht wieder. Ich blieb vor einem Haus stehen und drückte die einzigen beiden Klingeln, die es dort gab. Ich schellte stürmisch ein paar Mal. Doch niemand öffnete, Agnes war nicht da. Nachdenklich setzte ich mich auf eine Treppenstufe vor das Haus und sah den flauschigen Bären, den ich noch immer in der Hand hielt, an. Sofort wusste ich, was zu tun war. Ich holte mein Passfoto aus meinem Portemonnaie, kramte nach dem Stift in meiner Tasche und dem Papier und schrieb ein paar Zeilen auf das kleine Blatt. Dann stopfte ich meinen Zettel mit dem Foto aufgeregt in den Teddybären, verknotete den Faden und machte eine neue Schleife. Mein Herz schlug schneller. Ich setzte den Bären in eine Ecke vor die Haustür und machte mich weiter auf den Weg. Ich sah mich um, lief mit einem dicken Grinsen durch die Straßen, setzte mich zum ersten Mal seit Monaten in ein Café und beobachtete glücklich die Menschen. Zu später Stunde bezahlte ich und machte mich schnurstracks auf den Weg, bis ich an einem Waldweg ankam. Es war bereits viertel vor acht am Abend. Ich lief durch das Dickicht und ging immer weiter, bis ich bei einem Baum ankam. Plötzlich erinnerte ich mich, wir waren noch sehr jung, als ich mit einem Taschenmesser unsere Initialen in diesen Birkenstamm geritzt hatte. Angestrengt formte ich ein Herz um die Buchstaben. Jetzt war der Stamm dicker, aber das Herz war noch da. Beim Vorbeigehen sah ich auf die Buchstaben im Holz und schmunzelte. Damals hätte ich nie gedacht, dass ich irgendwann einmal von der Liebe meines Lebens getrennt wäre. Ich musste mir eingestehen, egal, wie viel ich auch in der letzten Zeit in der Tischlerei gearbeitet oder mich beschäftigt hatte, es gab immer Momente, in denen ich zur Ruhe kam und in denen sich diese schönen, intensiven Augenblicke mit Agnes in meinen Kopf schlichen. Eines Abends in Frankreich blickte ich einfach nur auf die hellen Steine der Terrasse, doch sofort sah ich Agnes und mich ins Kino gehen. Das Licht ging aus. Gemeinsam griffen wir in die Tüte Popcorn. Unsere Finger berührten sich. Ich sah Agnes' glasige Augen in der Dunkelheit. Sie fieberte förmlich in jedem Liebesfilm mit. Sie fühlte sich in die Rollen der Schauspieler ein und erlebte den

Film auf ihre eigene, ganz persönliche Art und Weise. Sie zu sehen und zu wissen, was für ein besonderer Mensch neben mir saß, berührt auch jetzt wieder zutiefst mein Herz. Damals hielt ich ihre Hand, küsste sie und wischte mit meinem Finger die Tränen aus ihrem Gesicht, dann lachte sie manchmal auf und sah mich zufrieden an.

Ich ging weiter. Das trockene Laub knirschte unter meinen Schuhsohlen und ich begriff, man konnte vor allem fliehen, aber niemals vor sich selbst und seinen Gefühlen.

Mein Herz purzelte fast aus der Brust, als ich vor der einzigen Bank weit und breit stehen blieb und in den roten Abendhimmel sah. Ich erinnerte mich und es schien mir, als wäre dieser Sonnenuntergang ein persönliches Geschenk des Universums an uns. Ein Zeichen wahrer Liebe, die man nur durch Fleiß und ein geöffnetes Herz erreichen konnte. In diesem Augenblick wurde mir bewusst: Es war nicht wichtig, was Menschen machten, es war wichtig, wie sie es machten. Alles musste aus starker Liebe und aus Überzeugung geschehen. Es musste echt sein. Sonst verging das Feuer der Liebe irgendwann. Ich setzte mich auf die Bank und wusste, ich würde erst wieder aufstehen, wenn ich sie sah.

Svea

Ich blätterte die nächste Buchseite um. Überrascht sah ich auf einen aus Papier gebastelten Teddy, der im Buch klebte. Ich strich langsam und in Gedanken versunken über das Fell des Bären. Das platt gedrückte Gesicht blickte seitlich zu einem Herz. Ich ertastete den Schlitz in seinem Bauch, dann steckte ich meine Finger in die enge Öffnung. Ich fühlte einen klein gefalteten Papierschnipsel. Vorsichtig zog ich ihn heraus. Es war ein weiterer Liebesbrief von Agnes, eine wertvolle Herzmitteilung an Henry.

Ich stopfte den Zettel zurück in den kleinen Teddybären und dachte nach: Selbst ein Blatt und ein Füller können es schaffen, das Leben zweier Menschen zu verändern. Es sind nur Worte, doch manchmal reichen diese aus, um ein Herz tief zu berühren, und um zu wissen, wofür man lebt und wofür man liebt. Es zeigt uns den Weg, den wir gehen sollen, um glücklich zu werden, wenn man bereit ist, sich der Schönheit dessen nicht zu verschließen.

Nachdenklich blätterte ich weiter und tauchte ein letztes Mal zurück in die Geschichte …

Agnes

Wir hielten noch am gleichen Tag neben meinem VW-Käfer an. Ich stieg um. Mit quietschenden Reifen verließ ich, genauso George, sein Anwesen. Ab jetzt hieß es getrennt suchen, um Henry schneller zu finden. Nur einmal kurz wollte ich noch nach Hause, um mir wenigstens bequemere Schuhe anzuziehen und kurz das stille Örtchen zu besuchen. Ich hörte laut Musik und gab Gas. Der Bass dröhnte aus den Boxen meines kleinen Kugelblitzes, so wie ich mein Fahrzeug immer nannte! Ich schaute auf die Straße, sah den beleuchteten Asphalt durch meine Scheinwerfer in der Abenddämmerung. Ich drückte das Gaspedal durch und folgte der Straße, Henry immer im Kopf.

Ich blinkte und bog zügig ab. Ich fuhr direkt auf den Bürgersteig und parkte auffällig vor dem Haus. Dabei verdrehte ich mir fast den Kopf, um es im Blick zu haben. Doch dann fiel mir wieder ein, Henry kannte meine neue Adresse nicht. Ich zog den Schlüssel, öffnete meine Wagentür und schnappte mir Henrys Ledermappe, die ich aus Frankreich mitgenommen hatte. Ich klemmte sie mir unter den Arm und stieg aus. Vor meiner Haustür blieb ich stehen, öffnete sie und machte im Flur Licht. Beim Eintreten stieß ich plötzlich mit meinem Fuß gegen etwas Weiches, es kippte zur Seite. Ich erschrak, denn im ersten Augenblick dachte ich, es wäre vielleicht ein Tier. Doch als ich zu Boden schaute, traute ich meinen Augen nicht, denn es war einer meiner Teddybären, die ich seit Wochen überall verteilte. Ich ging in die Hocke und legte Henrys Ledermappe vorsichtig zur Seite. Ich griff nach dem braunen Bären und fragte mich, ob das jetzt alles wirklich wahr sein konnte. Voller Neugier öffnete ich die Naht. Ich hatte an diesem Abend nicht mehr damit gerechnet, dass dies für mich noch ein besonderer Tag werden würde, dass dieser Tag mein Leben endlich wieder völlig veränderte. Doch dann fühlte ich das Papier zwischen der Füllwatte, und erkannte, dieser Brief war nicht von mir. Das Papier war dicker, heller, es war nicht gefaltet. Ängstlich zog ich an dem kleinen Zettel, ein Foto fiel auf meinen Schuh. Ich erkannte Henry. Er lächelte mir zu. Wie schön er war. Ich starrte auf die Zeilen und da war sie tatsächlich, seine saubere Handschrift:

♥

Liebste Agnes,
Zeit ist relativ. Wie lange ein Augenblick
dauert, ist nicht ausschlaggebend.
Wichtig ist, wie du ihn erlebst,
was du dabei fühlst und

was du daraus machst.
Du bist das Beste, was mir je passiert ist.
20:00 Uhr passt.
Ich werde die Bank nie wieder
ohne dich verlassen. Nur mit dir!
Bitte beeile dich, es könnte mit der Zeit
kalt für mich werden ...
Dein Henry

♥

Ich grinste. Das war Henry, er hatte schon früher immer gern einen Scherz auf den Lippen. Ich sah auf die Uhr und erschrak, denn es war bereits 20:12 Uhr. Ich schnappte mir Henrys Ledermappe, den Bären samt Inhalt und knallte die Haustür mit einem Satz zu. Zum Glück war Victor nicht da. Er war beruflich länger unterwegs und hatte zahlreiche Auftritte. Später, so hatte er mir vor Wochen schon erzählt, wollte er noch an diesem Tage die Opéra Garnier besuchen. Zum Glück, sonst hätte er bestimmt gemeckert, weil ich ihn am Flügel mit meinem Lärm aus dem Takt gebracht hätte. Ich sprang in mein Auto, warf alles auf den Beifahrersitz. Wie unter Strom zündete ich den Motor und fuhr los. Mein Herz schlug noch schneller, als ich zu der Stelle kam, wo sich unsere Blicke schon oftmals getroffen hatten. Ich stieg aus meinem Käfer aus und lief durch den Wald. Dann sah ich ihn. Er saß tatsächlich auf unserer Bank, wie früher. Als er mich bemerkte, stand er auf und kam auf mich zu. Ich lief ihm entgegen. Der Wind pfiff und ich hatte sofort Gänsehaut. War es wegen der Kälte oder meiner Nervosität? Ich wusste es nicht. Stattdessen war ich gleich wieder gefesselt von seiner Aura und der Energie um uns herum.

»Hallo!« Ich strahlte ihn an.

»Hallo zurück!« Er grinste, nahm vorsichtig meine Hände.

Wir hielten uns fest. Ich schaute tief in seine Augen, durch sie hindurch, in seine Seele. Er streichelte über mein Kinn, zaghaft über meine Lippen. Meine Tränen waren unaufhaltsam. Ich ließ den Kummer, den auch er gefühlt hatte, herausfließen. Wir ließen uns von unseren Gefühlen mitreißen. Henrys weiche Lippen berührten zärtlich meine Wange. Er küsste meine Tränen fort. Vorsichtig streifte er wie früher das Haar aus meinem Gesicht. Dann senkte er seine Lippen auf meine und ließ sie mit viel Gefühl darübergleiten. Er nippte leicht an meiner Unterlippe, bis sich seine Zunge einen direkten Weg in meinen Mund bahnte. Es wurde stürmischer, ungezähmt küssten wir uns. Unsere Zungen spielten wie früher ihr Spiel. Ich schaffte es nicht, mich seiner Leidenschaft zu entziehen, mich zu wehren. Zu schön war der Augenblick mit ihm. Ich spürte sofort diese unbeschreibliche Lust. Ich streichelte über seinen Gürtel, hinab zu seinem Oberschenkel. Meine Handflächen fingen endlich wieder an zu schwitzen. Dieses Gefühl sprengte Grenzen. Ich gab mich meinen Emotionen vollkommen hin und öffnete meinen Mantel. Henry streifte meinen Pullover nach oben. Er küsste mich wild und stürmisch. Die Kontrolle über meinen Körper entglitt mir mit jedem Zentimeter, den er näher kam. Was hatte ich das vermisst. Die Flammen unserer Herzen zündeten, in Windeseile brannten sie erneut lichterloh. Wir wurden eins, unsere Körper und Seelen verschmolzen miteinander. Unsere starke Liebe und die tiefe Verbundenheit unserer Herzen flossen ungehindert durch unsere Körper und vermischte sich. Wir kollidierten in dieser Nacht unter einem Himmel voller Sterne und mir wurde wieder bewusst: Glück zu sehen, bedeutet definitiv, es auch fühlen zu können.

♥

Abends, bevor wir in den letzten Tagen zu Bett gingen, blätterten wir dich, liebes Tagebuch, Seite für Seite gemeinsam durch.

Seit gerade setzen wir die Briefe und Texte, die Henry in der Zeit geschrieben hatte, in der wir getrennt waren, nach und nach ein. Was hatten wir beide gelitten.

Jetzt sitzen wir zusammen glücklich im Bett. Henry lehnt an der Wand, ich sitze im Schneidersitz in seinem Schoß und habe dich, mein Buch, auf meinen Oberschenkeln.

Henry streichelt dabei über mein Haar, das mag ich. Gerade legt er sein Kinn auf meine Schulter und ich spüre seinen warmen Atem wie früher. Endlich fühle ich mich wieder beschützt und geliebt. Jetzt streichelt er über meine Hand, während ich etwas einklebe oder anhefte, um auch seine Emotionen mit meinen zu verbinden.

Auf jeder Seite stehen jetzt wichtige Teile unseres Lebens. Teile einer einzigartigen Liebe. Im Nachhinein sind wir uns sicher, jede erlebte Emotion, jedes Gefühl hat uns gelehrt, die wirklich wichtigen Dinge noch mehr schätzen zu können.

♥

Gerade in den ersten Tagen waren wir viel unterwegs und ich zeigte Henry alles. Viele Erinnerungen kehrten dabei oder etwas später noch zurück.

Wenn wir uns dabei über die guten alten Zeiten unterhielten, lauthals lachten und uns kitzelten, dann waren wir uns immer schnell einig …

♥

Gegenseitiges Vertrauen und der Mut,
dem anderen alle persönlichen Gefühle
und Herzenswünsche mitzuteilen,
sind das Fundament für eine
gelungene Beziehung bis ins hohe Alter.

Da kann man nur sagen:
Arbeitet daran ein Leben lang,
gebt niemals auf, denkt an das,
was euch verbindet.
Seht nicht die Fehler des anderen,
sondern denkt darüber nach,
welche großartigen Eigenschaften
der Mensch an eurer Seite hat.
Was für ein wertvoller Mensch
neben euch steht und geht,
auch wenn mal seine Socken
vor dem Bett liegen bleiben.
Es ist so unwichtig.
Wir versuchen ab jetzt,
unser Leben so zu gestalten,
dass wir uns wohlfühlen.
Wir wollen ein Leben, das zu uns passt.
Neue Herausforderungen nehmen wir
gern an, denn das Leben ist Bewegung.
Stillstand entsteht erst mit dem Tod.

♥

Gestern Abend saßen Henry und ich eng aneinander gekuschelt im Wohnzimmer. Wir hielten uns an den Händen und schauten einen Krimi, als die Werbung begann, sagte Henry plötzlich: »Agnes!«

Ich hielt meine Nase an seine und fragte neugierig: »Ja, Henry?«

Er streichelte wie immer über mein Haar. »Ich liebe dich nicht mehr genauso wie am

Tag, als ich dich damals zum ersten Mal sah. Ich liebe dich mit jedem Tag mehr, das sollst du wissen. Und das wird sich nie ändern. Niemals! Du bist für mich meine Leidenschaft, meine Flamme!«

Ich lächelte und gab Henry einen kleinen Kuss. Ich streichelte über die Stoppeln an seinem Kinn. Mein Herz hatte er mit seinen Worten wieder auf Rosen gebettet. »Ich liebe dich auch. Wenn ich eines im Leben gelernt habe, dann das, dass ich es zu schätzen weiß, dass du bei mir bist. Nichts ist selbstverständlich!«

Henrys Lippen liebkosten zaghaft die meinen. Mein Herz schlug in diesem Augenblick wieder einmal kraftvoll in meiner Brust.

♥

Alles,
was in diesem Buch steht,
kommt tief aus meiner Seele,
aus den verborgenen Ecken
meines Herzens.

♥

Und bevor ich das Ende einläute: Henry holt gerade bei den Behörden seine neuen Papiere ab und wir können bald heiraten …

♥

Wir waren frühzeitig an der Kirche. Ich war wahnsinnig glücklich, aber fürchterlich nervös.

Mein Vater öffnete die Limousine, in der ich gefahren worden war. Ich stieg aus. Mein neues Strumpfband kratzte die ganze Zeit. Unauffällig versuchte ich, das Problem zu lösen. Als ich aufschaute, sah ich zwei Tauben, die durch die Lüfte flogen.

Mein Herz raste und mein Schleier fiel über mein Gesicht, er war unendlich lang. So, wie ich es immer gewollt hatte. Alles sollte geheimnisvoll sein, so wie im Märchen.

In der Kirche schaute ich angespannt auf meine Lieben. Alle sahen so verdammt glücklich aus, sie strahlten. Bewunderten mich. Ich musste weinen. Der Moment, als ich durch die Tür kam und sich alle umdrehten, um den schönsten Augenblick in meinem Leben mit uns zu teilen, bewegte mich so sehr. Ich umklammerte meinen Brautstrauß, zerdrückte ihn förmlich.

Henry stand in seinem maßgeschneiderten Anzug vor dem Traualtar und sah mir entgegen. Ich merkte, wie überwältigt er war. Alles fesselte mich. Auch Emma, Pascal und Pierre waren da. Frau Eckstein und meiner Mutter liefen Tränen übers Gesicht. Langsam schritt ich an ihnen vorbei zu Henry. Meine Blicke trafen ein weiteres Mal auf seine. Er zog mich wie immer an wie ein Magnet. Ich fühlte unsere Liebe, noch bevor er vorsichtig meine Hand nahm. Ich schenkte den Worten, die gesprochen wurden, größte Aufmerksamkeit.

»Ja, ich will!«, hätte ich lauthals durch die Kirche schreien können, aber ich wollte mich nicht blamieren. Wir machten es so, wie wir es geübt hatten.

Dann war es geschafft. Er lüpfte meinen Schleier und blickte in mein Gesicht. Ich musste schlimm aussehen, meine Wimperntusche war sicherlich verschmiert vom Weinen vor lauter Glück. Ich war immer schon nah am Wasser gebaut. Die Wimperntusche war ihm egal. Er küsste mich, zärtlich, hingebungsvoll, wie immer. In diesem Augenblick fühlte ich mich nicht nur wie eine Königin, ich war eine Königin. Er mein König. Das Märchen perfekt.

Stunden später ließen wir die Korken knallen. Wir feierten mit unseren Familien und Freunden im kleinen Kreis. Meine Gefühle spielten verrückt. Unsere Holzskulptur, die von Pierre, Pascal und Emma in ihrem Bully mitgebracht worden war, stand beleuchtet inmitten des Raums. Sie wurde den ganzen Abend von allen bewundert und ich war sehr stolz, was für ein Tag! Ich freute mich so sehr, alle die ich liebte, bei mir zu haben.

Ich hielt eine Rede. »Ich bin so glücklich, dass ihr alle gekommen seid. Ich genieße es so sehr, dass ihr diesen besonderen Tag mit uns teilt. Ich weiß kaum, wie ich mein Glück in Worte fassen kann! Aber eines weiß ich ganz genau: Man darf niemals die Hoffnung aufgeben.« Ich strahlte, sah zu Henry und streckte meine Hand nach ihm aus.

Als er vor mir stand, war ich sehr aufgeregt. Im Saal wurde es still. Alle starrten auf uns. Das Licht dämmte sich. Henrys Augen glänzten im letzten Licht der Scheinwerfer.

»In den letzten Monaten war es nicht einfach für uns, ich habe ständig wach gelegen und an dich gedacht. Ich wollte die Bedeutung von Liebe beschreiben. Also ließ ich die Liebe zu dir durch mein Herz fließen und begann zu schreiben! Schatz, dieser Moment ist der richtige. Ich mache ihn jetzt zu deinem, zu unserem Moment.«

Ich holte ein kleines Stück Papier aus der hölzernen Rose, die ich vor langer Zeit schon von Henry bekommen hatte, hervor. Ich hatte sie vor Stunden bereits heimlich unter einem der Tische versteckt. »Kannst du dich an dein erstes Gedicht erinnern?«, fragte ich Henry.

Er nickte und lachte. »Natürlich! Das ist mir fast als Erstes wieder eingefallen.«

»Jetzt bin ich an der Reihe!« Ich öffnete das Blatt und schaute ihm tief in die Augen.

♥

»Mein Schatz!
Liebe ist Magie zweier Seelen,
die sich finden,
wie Feuer in unserem Herzen,
das lodert und glüht,
wie Funken über Funken,
die in den Himmel fliegen zu den Sternen.
Liebe ist grenzenlos,
man kann sie nicht besitzen,
sie ist ein wahrhaft großes Geschenk.
Liebe ist eine wundervolle Bereicherung,
Liebe ist wie tausend, gar abertausend
Gefühle gleichzeitig,
die miteinander verschmelzen.
Wahre Liebe macht jeden Augenblick
mit dem Menschen, den man liebt,
zu etwas Besonderem.
Liebe ist wie Poesie, wie Bewegung,
wie ein Fluss, der durch unsere Körper fließt.
Liebe ist heftig, stürmisch wie der Wind,
der alles mit sich reißt.
Liebe ist die Verbindung zweier Seelen
mit einem unsichtbaren Band
– nichts kann sie trennen,
keine Ferne, kein Mensch
und nicht der Tod!
Ich liebe dich!«

♥

Henry sagte nichts, doch sein temperamentvoller Kuss drückte mehr aus als tausend Worte.

Die Gäste jubelten und mein Herz stand wieder einmal in Flammen, wie so oft. Er war und blieb eine Wucht! Ich hielt Henrys Hand fest. Die Musik begann zu spielen und wir tanzten endlich unseren Hochzeitswalzer.

Svea

Mein Blick blieb auf der nächsten Seite an einem Briefumschlag hängen. Ich zog einen gestreiften Briefpapierbogen aus dem Kuvert, als sich die Haustür zeitgleich öffnete und Frau Breder das Haus betrat und auf mich zulief. Ich öffnete das Blatt:

♥

Manchmal reicht ein Funke Liebe aus,
um ein versteinertes Herz
zum Schmelzen zu bringen.
Man muss es hin und wieder
nur ein wenig anstupsen …
Kleinigkeiten können viel bewirken!
Du musst nur dein Herz und deine Augen
öffnen und handeln.
Verpasse keine Gelegenheit,
sie kommt nie wieder zurück.
Jede Chance ist immer der Samen
für Wachstum.

♥

Ich lächelte Frau Breder zu und steckte den Brief zurück in das fest eingeklebte Kuvert.

Die Geschichte von Agnes und Henry Reith war zu Ende. Genau in dem richtigen Augenblick, als auch das Feuer im Kamin erlosch. Ich klappte das alte Buch zu und bemerkte gleich, dass sich irgendetwas in mir verändert hatte, doch ich konnte es nicht erklären, geschweige denn einordnen. Zumindest war ich sehr nachdenklich.

Ich stand auf und ließ das Buch mit gemischten Gefühlen oder besser gesagt mit einem lachenden und einem weinenden Auge auf dem gelben Ohrensessel zurück. Lachend, weil mich dieses Werk so berührte und mich das Happy End so für Agnes und Henry freute und weinend, da die schönen Augenblicke, in die ich dank Frau Breder mehrere Stunden lang eintauchen durfte, nun für mich zu Ende waren.

Ich sah die alte Dame sprachlos an. Sie nahm das Buch an sich und legte es zurück auf den Sekretär.

»Denken Sie immer daran: Vertrauen Sie auf Ihr Herz und der starken Kraft des Universums, das sich Ihrer tiefsten Wünsche annehmen wird. Ach, und passen Sie gut auf die kleine Feder auf, die schon wieder auf Ihrem Schuh ruht. Sie will Ihnen mit Sicherheit verraten, dass Sie auf dem richtigen Weg sind.«

Überrascht sah ich zu meinen Füßen. Ich nickte, nahm die kleine Feder in die Hand und steckte sie vorsichtig in ein Seitenfach meiner Handtasche.

»Welche Rolle spielen Sie eigentlich in der Geschichte?«, fragte ich nach.

»Ich bin Victors erste Tochter. Agnes' Nichte. Sie und Henry bereiteten mich einige Jahre später mit Feinfühligkeit, Herz und Liebe für die große Aufgabe in der Welt vor. Sie nahmen sich Zeit für mich, die mir mein eigener Vater durch seine Liebe zur Musik verwehrte. Er liebte leider nur seine Karriere. Konnten Sie denn das Geheimnis, wem das Haus gehört, lüften?«

»Ja, es wurde von Henry in jungen Jahren entworfen und war ein Geburtstagsgeschenk für Agnes. Ich denke, er hat seinen Traum nach seiner Rückkehr umgesetzt.«

Frau Breder grinste und gab mir recht.

»Ich habe da noch ein paar Ungereimtheiten.« Ich seufzte.

»Welche?«, fragte Frau Breder.

»Wenn Henry damals vor Frau Dr. Leroy gemeldet wurde und es bei der Polizei eine Vermisstenanzeige gab, warum ist nichts passiert? Kommissar Dubois hatte die Familie Leroy auch nicht informiert. Er oder jemand anderes hätte den Fall doch aufklären müssen, sie hätten doch etwas mitbekommen oder einen Zusammenhang finden müssen ...«

»Diese Frage stellten sich auch alle anderen und ganz besonders der Journalist Richard Grellier, nachdem er Henry und Agnes interviewt hatte. Soviel ich weiß, fand er kurze Zeit später nach ausführlicher Recherche heraus, dass damals einiges auf dem Polizeirevier schiefgelaufen ist. Die Küstenwache stellte nach getaner Arbeit ihre Suche ein und schickte ihren fertigen Bericht an die dafür zuständige Meldestelle. Dr. Leroy hatte Henry damals zwar gemeldet, gab aber an, dass ihr Patient bewusstlos von ihren zwei Söhnen in einem Holzschuppen, der Familie Petit, gefunden wurde. Sie ahnte zu dem Zeitpunkt nicht im Geringsten, dass er in der Nähe gestrandet war. Alles deutete eher auf eine Schlägerei oder einen Überfall hin. Frau Martin rollte, dank Herrn Grellier, das Geschehen im Nachhinein noch einmal auf und es kam heraus, dass Herr Chevaliers Nachfolger Henrys Unterlagen nie zu Gesicht bekommen hatte. Die Vermisstenanzeige wurde auf der Polizeiwache, nachdem der Polizeibeamte in den Ruhestand ging, durch eine unglückliche Verwechslung eines anderen Beamten nicht weiter bearbeitet, nicht weitergeleitet oder veröffentlicht. Seine Akte wurde aus Versehen gestempelt, auf den Haufen der gelösten Fälle abgelegt und somit von einem weiteren Beamten einfach ins Archiv gebracht. Es gab in dem Augenblick zu viel zu tun, zu wenig Personal und alle Nerven lagen blank. Viele unglückliche Zufälle reihten sich damals aneinander. Alles lief weiter, aber Henry sowie das Schiffsunglück gerieten in Vergessenheit.

Kommissar Dubois bekam keine wichtigen Informationen mitgeteilt, und er und seine Kollegen konnten keinen Zusammenhang erkennen. Herr Dubois war durch einen schwierigen Mordfall so eingespannt, dass er den Fall irgendwann ganz aus den Augen verlor. Aber wissen Sie, wie schon gesagt, es ist nichts zu schlecht, dass es nicht für etwas anderes wieder gut ist. Agnes und Henry lernten in dieser Zeit, wie wertvoll Zeit ist und einander zu haben. Vielleicht war es wichtig, damit sie ihre letzten Jahre noch intensiver miteinander nutzten. Frau Martin gab dem Journalisten übrigens ihre Telefonnummer für George, der sich tatsächlich bei ihr meldete und so entstand eine neue Liebe. Und Richard Grellier bekam für diese beeindruckende Story schließlich doch noch seine langersehnte Beförderung. Alles hatte im Nachhinein ein Happy End! So wie es sein soll …«

»Das ist ja unglaublich! Und es erklärt so einiges. Wie das Leben manchmal so spielt, verrückt …«, gab ich überrascht zu.

»Ja, und vergessen Sie nie: Sicherheit ist stets ein Irrglaube. Es kommt immer anders, als man denkt!«

Frau Breder lachte. Sie nahm sich an diesem Tag noch viel Zeit für mich. Sie erzählte mir, dass die Reiths noch Jahrzehnte lang mit ihren zwei Kindern, Felicitas und Steven, in diesem Haus gewohnt hatten, bis es sie in den letzten Jahren nach Frankreich, zurück zu Emma und Pierre ans Meer, zog.

Es klopfte an der Tür. Herr Breder betrat das Wohnzimmer und stellte sich mir vor. »Sie sind also die junge Frau, die mich mit Ihren Worten gleich neugierig gemacht hatte. Ihr Aufruf im Internet war wirklich außergewöhnlich und zuckersüß! Ich hoffe, Sie sind der wahren Liebe nun für eine kurze Zeit lang begegnet und Sie öffnen sich der Liebe noch einmal neu. Es wäre ansonsten sehr schade, Sie würden in Zukunft etwas verpassen!« Der alte Mann grinste mich an, dabei bewegte sich sein grauer Schnäuzer ein wenig unter seiner Nase.

»Ich habe den Aufruf bis jetzt noch nicht gesehen, mein Mann gab mir direkt Ihre Telefonnummer und ich sollte Sie sofort anrufen, einbestellen und keine Zeit verlieren. Was hatten Sie denn eigentlich gesagt?«, fragte Frau Breder. Sie sah mich neugierig an.

»Mut zur Liebe? Auf alle Fälle, aber nur, wenn sie wirklich existiert. Können meine Leserinnen und ich in dieser schnelllebigen Zeit noch Hoffnung haben? Ich bin auf der Suche nach einer Geschichte der wahren Liebe, der grenzenlosen Kraft zweier Herzen für ein renommiertes Frauenmagazin, für das ich arbeite, aber vor allem für mich selbst. Wer ist der wahren Liebe bereits begegnet oder hat sie gefunden? Ein Blick, ein Wort, eine Berührung kann es sein und ein Pfeil fliegt kraftvoll in ein Herz hinein. Es ist der Pfeil Amors der Herzen ganz ungewollt erwischt, eine Pfeilspitze, die hoffnungsvoll in eine Herzmitte zischt. Durch das Schicksal wird eine neue Liebe geboren, zwei fremde Menschen werden vom Zufall einfach auserkoren! Und noch ein wenig mehr …«, verriet ich.

Frau Breder nickte mit einem breiten Grinsen im Gesicht. Ihr Mann sah sie mit einem treuen Blick an. Das alte Paar nahm sich in den Arm.

Gemeinsam verließen wir das Haus und ich blickte zurück. Plötzlich wirkte es in meinen Augen ganz anders, viel freundlicher und wärmer als zuvor. Frau Breder hatte recht. Alles lag immer im Auge des Betrachters. Daran wie man selbst die Welt sah.

Die wertvolle Geschichte, die in meinem Herzen Spuren hinterließ und ab jetzt unvergesslich blieb, zeigte mir noch einmal auf, dass sich die Fassade des alten Hauses zwar nicht im Geringsten, in der Zeit, in der ich im Haus saß, verändert hatte, aber meine Sicht auf die Dinge schon. Mir wurde verdeutlicht, dass das Äußere eines Hauses stets wie beim Menschen nur eine sichtbare Hülle war, die sich mit der Zeit veränderte. Was aber zählte und blieb, war die Liebe hinter den Türen, durch die endlose Kraft der Herzen der Menschen, die das Haus beherbergte und ihrer einzigartigen Geschichte, die sie ganz allein miteinander teilten.

♥

Eine Partnerschaft ohne Vertrauen,
Ehrlichkeit oder Respekt
ist wie ein Haus ohne Fundament.
Auf die Dauer nicht sicher.

♥

Die Breders brachten mich zurück zum Café, dann verabschiedete ich mich von ihnen. Ich sah ihnen nach, und flüsterte: »Nur ein Herz, das gehegt wird, kann langfristig brennen. Nur eine Liebe, die gepflegt wird, kann niemand mehr trennen.« Ich schlenderte schließlich mit einem guten Gefühl zurück zu meinem Auto.

Vor meinem inneren Auge baumelte der Schlüsselanhänger von Agnes und Henry Reith noch ein wenig weiter. Immerzu funkelte das silberne Herz mit den roten Steinen in meinem Kopf. Ohne nach links und rechts zu sehen, lief ich nachdenklich über die Straße. Ein Fahrrad bremste stark. Vor Schreck blieb ich stocksteif stehen. Erschrocken sah ich zur Seite. Ein attraktiver Mann, etwa meines Alters, lächelte mich an.

»Zum Glück konnte ich noch bremsen! Du warst aber abwesend!«

Hitze stieg mir in die Wangen. Ich drückte das Leder meiner Handtasche zusammen, als ich mich an die weiße Feder erinnerte. »Ja, kann schon sein, mir geht gerade viel durch den Kopf. Es war ein langer Tag«, entschuldigte ich mich. Ohne eine Antwort abzuwarten, sagte ich schnell: »Nichts geschieht durch Zufall. Auf den Schreck lade ich dich gern zu einer Cola ein. Ich heiße Svea. Hast du Lust?«

Er nickte überrascht und lächelte. »Gern! Du hast Glück, ich habe zufällig Zeit. Ich heiße Nick! Auch wenn wir keine Kinder mehr sind, setz dich doch einfach auf meinen Gepäckträger und ich fahr mit dir bis ans Ende der Welt.«

Ich grinste. Vorsichtig kletterte ich auf den schwarzlackierten Drahtesel. »Du bist lustig, das gefällt mir. Aber nur bis um die nächste Ecke bitte, das reicht! Da ist nämlich ein gemütliches Café.«

»Gut, also nichts wie los!«, erwiderte Nick. Kräftig trat er in die Pedale.

Epilog

Zeit ist relativ.

Wie lange ein Augenblick dauert, ist nicht ausschlaggebend.

Wichtig ist, wie du ihn erlebst, was du dabei fühlst und was du daraus machst …

Nadine Seidel

Danksagung

Menschen treffen sich nicht zufällig, sie finden sich aus einem bestimmten Grund …

Dieses Buch ist genau wie Lambadu ein Herzensprojekt. Während des Schreibens habe ich mich mit jeder Faser meines Seins in die Protagonisten hineingefühlt. Ich habe mit ihnen ihr Glück gespürt, mit ihnen geweint und die Freude erfahren, was es bedeutet, einen geliebten Menschen nach langem wieder in den Armen halten zu können. Ein so wundervoller Gedanke, den ich hoffentlich für euch mit reichlich Herzblut auch authentisch umgesetzt habe.

Ich danke meiner Familie, meinem Mann Marco und meiner Tochter Lea, aus ganzem Herzen, weil sie es ertragen mussten, dass ich während meiner Schreibphasen nonstop Liebeslieder aus den 80er und 90er Jahren gehört habe. Am Anfang hatten sie noch mitgezählt, wie oft die Titanic bei diesem Werk gesunken ist, irgendwann hatten sie jedoch resigniert. Lach.

(Die Titel aus Titanic und Pearl Harbor standen bei diesem Projekt bei mir auf Platz 1 und waren in diesen Augenblicken ein MUST HAVE, um mich stärker in die Protagonisten hinein fühlen zu können …!)

Ich danke meiner lieben Mama, die mit mir den Text vorab immer wieder durchgegangen ist, um schon einmal die ersten Logik- oder Rechtschreibfehler zu erkennen und um sie auszumerzen, bevor sich die liebe Steffi noch einmal ausgiebig meinem Manuskript endgültig widmete.

Steffi, deine Arbeit schätze ich sehr, vor allem deine Offenheit und Ehrlichkeit haben dazu geführt, dass dieses Werk noch einmal an reichlich Tiefe gewann. Du weißt, was ich damit meine …

Mein Dank geht natürlich auch an die liebe Florin, die sich liebevoll meinem Cover gewidmet hatte und meine Vorstellungen auf Anhieb 1:1 umsetzte. Darüber freue ich mich sehr.

Während der Entstehung und Überarbeitung haben meine Augen ständig gestrahlt, wenn ich von dieser Liebesgeschichte erzählte, das sagten eine Menge meiner Freundinnen. Ich denke, meine Mädels kennen mein Buch bereits jetzt schon fast Wort für Wort, obwohl sie es noch gar nicht gelesen oder in den Händen gehalten haben. Woran das wohl liegt … Danke fürs Zuhören meine Lieben und euren guten und wertvollen Ratschlägen währenddessen … Silvia, Lisa, Kirsten, Jessica, Kathrin, Bettina, Heike (Teddybären???), Andrea und viele, viele mehr. Ihr seid die Besten.

Und so ist mein Werk endlich perfekt und ich bin bereit, ein wenig Liebe in die große weite Welt zu streuen, um euch so eine gewisse Zeit lang in eine herzerwärmende Liebesgeschichte zu entführen.

Hinweis:

In meinem Roman „Meinem Herzen ganz nah“ sind einige Textstücke meines Debütromans „Herzmitteilung“ enthalten!

Liebe Leserin, lieber Leser!

Ich hoffe, ich konnte euch beim Schmökern ein wenig im Herzen berühren und euch dadurch einige schöne Lesestunden schenken. Wenn euch dieser Liebesroman gefallen hat, würde ich mich sehr über eine Rezension bei Lovelybooks, Amazon oder auch anderen gängigen Plattformen von euch freuen. Sehr gerne dürft ihr natürlich auch im Familien- oder Freundeskreis von diesem Werk erzählen und es somit weiterempfehlen. Das Herz ist der Schlüssel zum Glück.

Herzlichst
Nadine

Erfahrt mehr über die Autorin:
www.linktr.ee/nadineseidel

Ein spannendes Fantasyabenteuer und der Beginn einer neuen Kinderbuchreihe ab 8 Jahren.

Die Zahnfee Lambadu muss mit ihrem Freund Cooper und vielen Verbündeten ihre eigene Welt und auch die Märchenwelt retten. Der Zeitgeist zerstört die Märchen. Die Kinder verbringen viel mehr Zeit mit anderen Medien und die Märchenbücher bleiben ungelesen. Nur mit dem Zahnfeenstab der Magie des Herzens kann Lambadu alle retten. Aber dazu braucht sie sieben Zutaten, die gar nicht so leicht zu beschaffen sind. Und so stürzen sich die Freunde in ein turbulentes Abenteuer.

Dieses Buch besticht mit wunderschönen Illustrationen von Sabine Marie Körfgen. Kurze Kapitel und eine sich immer weiter aufbauende Spannung bis zuletzt sorgen für einen maximalen Lesespaß für Groß und Klein!

Lambadu
Geheimnis

Lambadu kehrt zurück!
Band 2 der mitreißenden Fantasyreihe ab 8 Jahren.

Ein neues Abenteuer beginnt, als eine geheimnisvolle Buchseite auf mysteriöse Weise in der Welt der Fabelwesen landet und jede Menge Wurzeln folgen. Mit kraftvoller Magie wenden die Zauberer Odin und Xülibert den mächtigen Fluch kurzzeitig ab. Doch ein dunkles Geheimnis offenbart sich. Lambadu und ihre Freunde handeln sofort, aber können sie Helars Fluch noch rechtzeitig stoppen?

Wunderschöne Illustrationen von Sabine Marie Körfgen verzaubern Groß und Klein!
Kurze Kapitel und eine Spannung die bis zuletzt anhält, sorgen für einen maximalen Lesesog und lassen Kinderherzen höher schlagen.

Printed in Poland
by Amazon Fulfillment
Poland Sp. z o.o., Wrocław

16938076R00162